YuanBenShi
YaoSanDe

缘，本是要散的

小欧不才 著

文匯出版社

图书在版编目（CIP）数据

缘，本是要散的 / 小欧不才著 . -- 上海 : 文汇出版社，2017.10

ISBN 978-7-5496-2095-1

Ⅰ.①缘… Ⅱ.①小… Ⅲ.①随笔-作品集-中国-当代 Ⅳ.① I267.1

中国版本图书馆 CIP 数据核字（2017）第 091059 号

缘，本是要散的

出 版 人 / 桂国强
作　　者 / 小欧不才
责任编辑 / 乐渭琦
封面装帧 / 姚姚设计工作室

出版发行 / 文匯出版社
上海市威海路 755 号
（邮政编码 200041）
经　　销 / 全国新华书店
印刷装订 / 三河市京兰印务有限公司
版　　次 / 2017 年 10 月第 1 版
印　　次 / 2019 年 1 月第 2 次印刷
开　　本 / 889 × 1194　1/32
字　　数 / 200 千字
印　　张 / 8

ISBN 978-7-5496-2095-1
定　价 : 38.60 元

缘，本是要散的

人这一生，大抵离不开一个情字。

亲情、友情、爱情，缺一不可。

亲情是与生俱来的，友情是可遇不可求的，而爱情则是讲求缘分的。

所以，能遇见好的爱情实属难得，因为它需要缘分，而缘分这个东西又是飘忽不定的，即便你遇见了也未必会把握，把握住了也未必会珍惜。也许在哪一个瞬间，你就失去或挥霍了你们的缘分，从此也许就再也遇不见了。

曾经看过一个故事，一个讲座上老师跟学员互动，随机上来一位女士。教授让这位女士在黑板上写下 20 个自己觉得最亲的人的姓名，女士写了，有亲人、朋友、同事、邻居等。

然后教授让女士划掉其中相对不重要的一个人，女士划了一个，然后一个接着一个。

到最后黑板上只剩下父母、丈夫和孩子的名字。游戏到这里变得很严肃认真，似乎在做生死抉择。

而最后女士哭着划掉了父母，划掉了孩子，最后只剩下丈夫的名字。

当然这只是这位女士个人的选择，换成其他人可能就不同了。按理说女士最亲的人应该是她的父母和孩子，都有直接血缘关系，而丈夫似乎还可以再找。

可女士说，父母最终会先她而去，孩子长大了也会离开自己，真正陪伴自己一生的只有丈夫。

可见爱情于这位女士来说有多重要。

02

歌德曾经说过："这世界要是没有爱情，它在我们心中还会有什么意义！这就如一盏没有亮光的走马灯。"

所以，同样的，爱情于我们大部分人也是一样重要！

青春年少的时候，我们都曾期待过爱情，都曾在脑海里勾勒着未来的那个 ta，都曾在心里幻想了无数次和相爱的人在一起会是什么样。

可是，年少青涩，我们总是太容易把爱情幻想得过于美好，只想过爱情的甜蜜，却不曾知晓它也有让人痛苦的一面；只想着深爱自己的 ta 能够无底线地包容和疼爱自己，却不知道一段感情要想长久是需要双方共同经营，共同维护的；只想享受爱情带来的刺激，却不曾明了有一天它会渐渐归于平淡……

恋爱时，我们总是容易爱得太热烈，太莽撞，太用力……于是我们在爱情里跌跌撞撞，受尽了苦楚。

然后让那颗曾经可以为爱赴汤蹈火、在所不惜的心变得支离破碎，裂痕遍布。

于是，有人说，觉得自己不会再爱了；有人说，不知道自己还值不值得被人爱；更有人说，这世界真的存在爱情吗？

我大概能理解这种一朝被蛇咬十年怕井绳的感受。因为我们都曾真真切切地爱过，可也实实在在地受了伤。

所以，我们会变得小心翼翼，变得不敢轻易触碰，我们会怀疑自己值不值得被爱，会怀疑他人是不是真的爱自己……

而在写这本书之前，我刚刚结束了一段五年的恋情。是的，即便我和前任陪彼此走过了五个年头，可最终我们还是分开了。

并没有谁对谁错，也没有谁是谁非，要怪只怪当时的我们太过年少，不懂得爱，也不会爱。

五年来，我们太过于执着，舍不得放开又不愿彼此退让包容。

于是拉扯了彼此五年，直至遍体鳞伤，直至筋疲力尽才不得不分开。

直到失去后，我们才知道有些人、有些事再怎么弥补，再怎么挽回也回不到最初了。

因为受过的伤、流过的泪、失过的眠，都深深地刻在你的心上、你的身体里。它并不会随着时间的流逝而消失，更不会回到原始的模样。

所以，即便你曾深切地爱过，即便你有一万个舍不得，即便你后悔不已，也迟了！

错过了就是错过了，失去了就是失去了！你不能接受也得接受，不能承担也得承担。

曾经有朋友问我，怎么五年的感情说没就没了，为什么会这样？

其实，感情哪是一夜之间就能没的，它一定是因为日积月累的消磨、长久以来的失望和伤害造成的。

因为不会爱，不懂爱，所以我们越靠近就越多伤害，越炽热就越加疼痛。

最终，我们不得不放开彼此的手。

还有朋友问我，结束一段五年的感情遗憾吗？

多多少少有吧，毕竟他曾是令我怦然心动的人，毕竟曾幻想过霸占他的余生，毕竟我们都曾热烈地喜欢过。

只是，最后却还是变成了爱过。

我曾幻想，如果那时我和前任都懂得爱，都会爱，那么结局会不会不一样？

或许吧，倘若我们都能为彼此考虑一点，包容一点，学会珍惜，那么也许就是个圆满的句号。

可是，这世上没有如果。失去的人、失去的感觉，也只能让它化成一道烟，随风消散在空中。

我们只能默默等待，等待时间把伤口治愈，等待那个不知道会不会来的人。

爱情太美，却又偏偏最恼人。它就像是罂粟一样，给人的不仅是感觉，它会吸引你，更会刺激你，既使你快乐，又使你痛苦！

可是即便如此，还是有很多人飞蛾扑火般追逐着它，不怕热，不怕燃烧，不怕失去，只为了心中的爱和执着。

可是，因为太过稚嫩，因为不得其法，总是把自己和心里的那个 ta 弄得伤痕累累，苦不堪言。

有人问我说，她爱他，她对他百般迁就，可为什么他还是要走；还有人问我，她为他磨去了所有棱角，收敛了所有脾气，可为什么他还是不珍惜；更有人说，他把自己认为这世上最好的东西都捧到她面前了，可为什么她连看都不看他一眼……

是呀，明明你爱得那么认真，爱得那么炽热，一心只想着 ta，为 ta 好，可为什么你们就是走不下去？

因为爱情从来就不是靠一个人支撑的，也不是付出了就有回报；更不是把自己放得很低，就能赢取 ta 的爱………

爱是一个相互的过程，它需要一个平衡度。这就像是天平的两端，倘若一边过重，一边过轻，那么你们就无法在同一个高度，而失去了平衡，也就失去了平等。

倘若一个人总是拼命付出，而另一个人却无动于衷；一个人总是极力维护，而另一个人却随心所欲，那么这样的爱情能长久吗？

并不能。

就算此时此刻你们还在一起；就算你们还深深爱着彼此。

可是，总有一天，你会发现，爱情就是一个消耗品，如果只有一方在守护，只有一人在经营，那么总有那么一刻会到来，你们所有的爱意、所有的情愫都被消磨殆尽，就算有心挽回，却也无力再爱了。

一个人的追逐、一个人的坚持，这并不是爱，只是一厢情愿、自我麻痹罢了……等到ta说累的时候，你会发现你已经一无所有了，而你最爱的ta却也离你而去了。

真正的爱情，好的爱情，是会让人发光的。它会让你变得更优秀，更快乐，更耀眼………

有的人因为爱情从150斤瘦到了100斤，有的人因为爱情从差生变成了优秀生，还有的人因为爱情由忧郁变得快乐……

这就是真正爱情的力量！

其实，遇到爱情并不稀奇，遇到好的爱情才最难得！

或许，有的人曾经遇见，却因为不懂得珍惜，不懂爱而与它失之交臂；有的人终其一生去寻找，却也不曾遇见过；还有的人正在拥有，他们创造着属于自己的永久幸福。

好的爱情，之所以难得，还在于它是讲求缘分的，它并不是仅仅遇见了就可以。

你若要想爱得长久，彼时的你必须与深爱的ta默契一致，你们爱得不多不少，刚刚好；你们都懂得如何珍惜，懂得如何沟通，懂得怎么为彼此考虑………

有的人因此与深爱的人携手到老，而有的人却只是陪对方走过了一程。

可人这一生何其短暂，何其艰难，我们又能遇到几个你恰好喜欢ta，ta也恰好喜欢你的人呢！

所以，遇见了就好好把握吧，倘若不好好把握，不好好珍惜，也许此生就再也遇不到了！

莫把现在变曾经，莫把美好变安好，莫把我们变你我。

给彼此多一点空间，多一点尊重，多一点信任……宁可爱得少一点，也要爱得久一点。

愿我们都能懂得爱，愿我们都能遇见生命中的 ta，愿我们都能在深爱的 ta 的生命里跋扈一生。

目录

第一章
爱情里最好的状态

见过有默契的情侣，你会发觉这世上最好的感情状态就是如此。你懂我的每一个小动作、小眼神，我也懂得你未说出口的那句话、未表明的那个意思。

第二章

不分手的恋爱要这样谈

以前我一直以为最浑蛋的是那种说好永远在一起，半路却说不爱了的人。现在我才知道最浑蛋的应该是那些明明不爱了却不愿意当面告别，而是采用冷暴力、玩消失来消耗别人感情的人。

第三章
不好的爱情不要也罢

爱情不是全部，我们没必要把自己搞得那么悲壮。不平等的爱情只会为难别人，折磨自己，何不放手，给自己一个重生的机会！

第四章

现实的不仅仅是生活，感情同样也是

我们还有什么理由不努力，努力不仅仅是因为那些更好的，而是为了有底气、有能力去选择那些我们喜欢的！

第一章

爱情里最好的状态

见过有默契的情侣，
你会发觉这世上最好的感情状态就是如此。
你懂我的每一个小动作、小眼神，
我也懂得你未说出口的那句话、
未表明的那个意思。

他有多尊重你，就有多爱你

没有尊重的感情，又谈何爱呢？

1

朋友和我一样都喜欢写文章，不同的是，她已经是两个孩子的妈妈了。

她写文都是忙里偷闲，有时宝宝闹得厉害，她为了完成每天的任务都掌灯熬油。

她老公从一开始就不支持她，虽然嘴上他没说什么，可朋友却从他每天板着的脸看了出来。

但朋友好不容易在枯燥无味的生活中寻得一方乐土，怎么会轻易放弃。所以她依然拿着笔，写着她心中的梦。

有一天，他老公突然拿起她的笔记本翻阅起来。朋友原以为他是想要给自己鼓励，却见他的嘴角带着一丝讥讽。

他说："你写的这些字有人看吗？好好带孩子多好，非要做些有的没的。"说完，他就把她的笔记本随意地抛在书桌上。

朋友的心霎时沉到谷底，原以为作为伴侣的他应当会给自己一丝鼓励和支持，再不济也会尊重自己的选择，不料等到的却是他的嘲讽。

朋友默默地忍受了他的不屑，然而事情并没有这么简单。一个深夜里，宝宝突然哭了，他的老公彻底爆发了。

那天，朋友如往常一样坐在书桌前写作，突然宝宝的啼哭声打破了夜晚的宁静。

朋友立刻放下笔奔到宝宝的床头却还是晚了，宝宝的哭闹声已把她老公吵醒了。

她老公生气地咆哮：“写什么破字，孩子还要不要带了？”

朋友懂得，她老公只是借题发挥罢了，他一直不支持自己写文章，然后就借这个由头，把藏在心里的不满全数发泄出来。

可朋友并没有和老公争吵，只是第二天她就带着宝宝回娘家了。

朋友的妈妈曾经劝她，差不多就算了吧，过日子嘛，忍一忍就过去了。

朋友却摇头。她说，这次忍过去，将来老公只会得寸进尺。一个不能尊重自己个人兴趣的男人，当不了一个好父亲。

2

和前任在一起的时候，有这样一个画面在我的脑海里一直挥之不去。

那是一个炎热的夏天，我和他走在路上，我说我很渴，等我喝口水再走。

可他却自顾自地走着，我看着他的背影，心感觉到一阵冰凉。

过了一会儿，前任才发现我还在原地。他说，你怎么不走呀？

听着他不耐烦的口气，我有点生气，我说我在喝水呀。

他像看白痴一样看我，说：“喝水干吗要停下来喝？”

他的这一问又让我的心凉了一截，我说：“不停下来，我怕被呛到。”

而他却依然一副看外星人的样子看着我。

我看着这个口口声声说爱我，却一点都不尊重我的人，感到一阵心寒。

站在路边喝水很丢脸吗？喝水的时候停下来很奇葩吗？

我自认为这很正常，只是每个人的习惯不同罢了，没必要用一副“啊，你怎么这样子”的神态看人。

习惯不同，即便不能包容，但也要尊重，不要在嘴上说着爱，行动上却给出了伤害。

3

这世界上没有完全相同的两片叶子，同样的也没有完全相同的两个人。

就算是再投机，再相见恨晚的人，也会有分歧的时候。因为每个人的价值观不同，喜好不同，习惯也不同。

也许你喜欢吃苹果，但我却喜欢吃梨；

也许你喜欢看动漫，而我却喜欢看电影……

也许我们都无法认同对方，但是没关系呀，你吃你的苹果，我吃我的梨，你看你的动漫，我看我的电影，只是习惯不同罢了，并没有谁比谁高贵。

所以，你不必嗤之以鼻，不必委曲求全，我们只要互相尊重就好了。

4

朋友回娘家当天，她老公下午就屁颠屁颠地跑到她娘家，求朋友回家。

他好话说尽，马屁拍个遍，向朋友道了歉，并发誓一定会尊重她，并且下班了就帮忙带孩子，朋友这才答应随他一起回家。

后来，朋友写文章的时间越来越多了，终于不再是那个被淹没在家务事、琐事里的千篇一律的家庭主妇。听说，她老公成了她的第一个读者，有时候还会夸奖朋友写的文章很有韵味。夫妻俩的感情状态比以往好多了。

不记得在哪里看到过一句话——**付出真爱的人，应该永远把爱的对象视为独立的个体，永远尊重对方的独立和成长。**

一段好的感情，必定是两个人互相尊重，你有你的习惯，我有我的爱好，即使不能爱屋及乌，但必定也不会嗤之以鼻。

我喜欢摄影，你可以不喜欢，但不要丢掉我的三脚架。我喜欢看动漫，你可以不喜欢，但不要批评我这是在浪费时间。我喜欢听摇滚，你可以不喜欢，但不要随意侮辱我的偶像。我喜欢写东西，你可以不支持，但也不要随意批判。

你口口声声说爱我，那我希望，你有多爱我，就能有多尊重我。

毕竟，没有尊重的感情，又何谈爱呢？

他爱你，就会让你安心

最好的爱情是你给我的安心。即便你我远隔千里，但只要一想起你心里就有一股暖流淌过。是的，虽然你没在我身边，但我知道只要我需要，你一直都在。

1

我谈过一场异地恋，没有网络上说的那么苦：下雨了没人送伞，新上映的电影不能和他一起去看，吵架了也不能用一个拥抱和解……

相反，我觉得异地恋甜蜜无比，因为有一个人时时刻刻牵挂着你，念着你，而你也是如此。**你们就像是心有灵犀，满满的都是默契。**

我们会约定一个固定的时间联系，比如上午上完课，问彼此吃了吗；晚上做好作业，再聊聊一天的见闻。我们还会主动给对方报行踪，今天去哪儿了，见了什么人。

而这一切都是出于自愿，**因为我想要你知道，想与你分享，想让你安心。**

见过太多太多的异地恋因为不能让彼此安心而分手。

阿智和琳琳就是其中一对。他们一个在莆田，一个在福州。

琳琳时常找我哭诉，说她经常联系不到阿智，每次她问他去哪了，怎么不回她的电话、短信。阿智不仅不会好好解释，有时甚至不耐烦地和琳琳冷战，然后琳琳就会胡思乱想。想阿智是不是不爱她了，是不是有别的喜欢的人了。

而爱情里一旦产生了猜疑，那么感情就会出现裂痕。阿智不愿意好好解释，琳琳因为不安就和阿智闹。

如此恶性循环，琳琳最后提出了分手，阿智却不愿意，但琳琳却是铁了心。

是的，琳琳在这段感情里受了太多太多的苦，她只不过是想阿智能让她爱得安心一点，让她知道他也是同样爱她的。

可阿智却罔顾她的感受，放任她患得患失，放任她胡思乱想，放任她难过失眠……

倘若爱你不能让我快乐，让我安心，那么我想我爱不起了，我们还是分开好。

有一句话是这么说的，失去比拥有更让我安心，因为这样就不用怕你离开。

这是一句让人看了就心酸的话，大概是怕了吧，怕了那种患得患失的感受，怕了心难安的滋味，所以才无可奈何选择离去。

2

当然，这世上除了令人忐忑难安的感情，也有让人安心的感情。

阿花和翰哥的感情在我们朋友圈里一直广为传诵，因为他们谈了四年的恋爱，却依旧如热恋一般恩爱。

阿花和翰哥刚在一起的时候，阿花还在念大一，而翰哥已经毕业出去工作了。

所以，阿花和翰哥就不能经常见面，但他们却能花式秀恩爱！！

记得有一个晚上，翰哥打电话和阿花聊天，聊到后面阿花的声音越来越小，脸上却荡漾着一抹娇羞和甜蜜。

我用好奇的余光打量阿花，竖起耳朵听花哥绵绵絮语。花哥扭捏地说："猪头，晚安，爱你。"

然后我和舍友集体调侃阿花："哟，听到了哦，爱你……"

阿花羞得用棉被盖住了脑袋。自此之后，阿花和翰哥每天的晚安问候就不曾断过。

当然也许你会说这是热恋期，这么恩爱不算什么。但我告诉你，这样的狗粮我和舍友整整吃了四年，好么！

大四的某一个夜晚，阿花又如往常一样和翰哥大聊特聊，末了还是那句"猪头，晚安，爱你"。

阿花由于害羞，说得含糊不清，然后就把电话挂了。可人家翰哥却不依不饶地又打来，说她没讲晚安，他睡不着！要阿花好好说一遍。

然后我和舍友们又华丽丽地吃了一把狗粮。四年了，还要这么腻歪吗？我们才不会说羡慕呢。

阿花和翰哥当然也吵过架，但他们不出一天就能和好。我想，这大概是因为他们都知道彼此有一颗无比坚定的心：现在是你，余生也是你。因为爱得安心，所以连架也吵不起来。

其实，在阿花和翰哥刚谈恋爱时，阿花是有顾虑的。她怕两个人不能经常见面，两个人处于不同的状态，感情会出现状况。

但翰哥用他的行动和爱消除了阿花的顾虑，还牵着阿花的手走过了第四个年头。

爱大概就是如此吧，在你有顾虑不坚定的时候，我用我的在乎、我的行动去温暖你的心，让你安定。

3

我从来都觉得，能够打败两个人的不是距离，不是现实，而是爱与不爱的问题。

因为不爱你，所以我行我素，才不管你的感受；因为不爱你，所以有一丝的诱惑，我就把持不住；因为不爱你，所以遇到了比你更好的人，我就移

情别恋……

两个人分手归根结底要么是不爱，要么是不够爱。

因为爱，所以我愿意考虑你的感受，舍不得你有一丝难过；因为爱，我愿意为你杜绝所有的暧昧和诱惑；因为爱，所以即便他人再好，也与我无关，我只要你……

而这一切的一切只不过是为了让你安心，让你知道我爱的只有你呀。

向来都觉得最好的感情状态就是让彼此安心，而让彼此安心的感情才能长久。

因为你给了我安心，所以你身边出现了更好的人我也不害怕，因为我知道你爱的人始终是我；

因为你给我了安心，所以你的信息不能秒回我也不会抓狂，因为我知道你一定是在忙，看到了会第一时间回给我；

因为你给了我安心，所以我知道幸福的模样大概就是即便你我隔了千万里，却仿若你还在身边，因为我们的心从未远离呀。

你要相信，最好的爱，就是他给你的安心。

男生爱不爱你，就看这一点

倘若你遇见了愿意等你的男人，那就抱紧他吧。

1

阿乐的男朋友许岩是一个高大帅气的男孩，他对阿乐什么都好，但有一点让阿乐很纠结。

众所周知，男生的步子一般比女生大，许岩身高一米八，阿乐一米五九，两人的身高悬殊，步子的差距也就愈大。

每次出去约会时，许岩总是走在前头，完全没有意识到阿乐为了赶上他的步伐，走得有多吃力。

阿乐原以为许岩是没有意识到这一点，所以她也就默默地跟上他的步伐。

可是，每次吃完饭，许岩都是快步走着，阿乐倒也想跟上他，但肚子却抗议了。刚刚吃饱饭，一走快阿乐的肚子就开始疼了。

于是，她就和许岩沟通，说你能不能走慢一点，我跟不上你。

许岩满口答应，然而下一次，他却还是快步走在前头，阿乐挎着他的胳膊像是被拖着走一样。

阿乐当然很难过，因为许岩都不会考虑她，一点都不体贴。可有什么办法，她喜欢他呀，只好一次又一次地提醒。

可是，你无法叫醒一个装睡的人。同样的，你也无法让一个不那么爱你的人处处为你着想，对你体贴。

在阿乐的提醒下，许岩刚开始会刻意放慢脚步，然而走着走着他又走快了。

到最后，变成只要阿乐一提醒他，他就会皱起眉头，不耐烦地说，你就不能走快点吗？这么多年来我都是这么走的，你让我怎么改。

阿乐很委屈，她也想走快点呀，可腿就那么长有什么办法。况且，刚吃完饭本来就是要漫步啊。

可是，许岩却不当回事。最后，阿乐只好提出了分手。

是啊，一个不愿意为你着想，不愿意停下来等你，不愿意为你慢下来的人，留在身边做什么？

2

身边的很多同学，谈恋爱后都会吐槽，说男朋友呀以前不管有多忙，都愿意陪她出去逛街。

可深入了解后，再让他陪着去，他都会以忙为借口拒绝陪逛。**难得去一次吧，他又总是催，催着回去，催着赶紧买，一点耐性都没有。**

然而，也有很乐意陪女朋友逛街的男人。比如阿青的男朋友楷哥，他就很乐意陪阿青逛。

有一次，我们集体出去逛，阿青看上一件衣服，楷哥就让她去试穿，阿青试穿出来后，他还会热心地给出建议，并不会像其他男人一样，总是催促，总是敷衍。

我们调侃，阿青有福了。阿青看着真心待自己的男友自然也是一副幸福的模样。

于是，我懂得了，一个男人愿意陪女朋友逛街，愿意等她逛尽兴，而不是一直催促，那么他一定是爱她的。

因为他愿意为她等待，愿意给予她快乐，愿意让她体验幸福的滋味。

而反观，那些不愿意陪女朋友逛街，不愿意等女朋友尽兴的男朋友，他不是真爱她，**因为他首先考虑的还是自己。**

3

网上有一个段子说：看一个女生喜不喜欢你只需一点，那就是看她出门有没有洗头。

虽说这段子浮夸了点，但却道出了真相。哪个女生在去见心仪的对象时，都会刻意打扮一番。

因为在她心里，他的分量真的很重很重，她想要以最好的样子出现在他面前。

可是，有些男生却不以为然，让他多等几分钟就会抱怨。然后，把原本可以美满的约会破坏了。

有一次我去赴男朋友的约，出发前，天气还好好的，在半路上突然下起了大雨。

而下雨天很容易发生交通堵塞，不幸的是，我遇到了，而且该死的，我的手机也没电关机了。

幸运的是，这雨下来得猛，走得也快。大约十来分钟，雨停了。

可我到达目的地时，却怎么也找不到男朋友的身影。于是，我打公共电话给他，问他在哪，他生气地撂下一句“我已经回家了”，就把电话挂了。

我只好再搭上回程的车。在车上的时候，我委屈得不能自已，任眼泪流淌在脸庞。

其实，我只是比往常晚到了十五分钟而已，况且我又不是故意的，可男朋友却这般不耐烦，连十五分钟都不愿意等。

后来，我和男朋友分手了。因为只要我一迟到，就算不是故意的，他也要甩脾气，自己偷偷地溜走，让我白跑一趟。

而我也打心里明白，一个男人连等我几分钟都不愿意，他能有多爱我！

真正爱的话，就连等待也是一种幸福，因为你喜欢的 ta 正向你慢慢走来，这怎么能让你不欣喜，不感动？

4

所以，看一个男人爱不爱你，其实只需要看一点，那就是看他愿不愿意等你。

这个“等”字，意味深刻 。

一个愿意为你放慢脚步，停下来等你的男人，**说明他是一个细心的人，他愿意为你留心所有的细节，而这也恰恰说明他把你放在心上。**

一个愿意陪你逛街，愿意等你尽兴的男人，说明他愿意把你的快乐当作他的快乐，他愿意把你捧在手心里宠，而宠你的人必定也是爱你的。

一个愿意等你的男人，说明他愿意为你变得有耐心，变得好脾气。而一个愿意为你改变的人，自然也是爱你的。

因为若不是你在他心中有一定的分量，谁愿意无缘无故去改变。

倘若你遇见了愿意等你的男人，那就抱紧他吧。

毕竟，好男人不常有。

遇见一个人，突然就没了脾气

总会遇见一个人，让你为ta收敛所有脾气。

1

阿德在我们朋友圈里一直是脾气最火暴的一个。

还记得刚开学那会，我和他一起去学校报到。一个男生故意踩着我放在车上的棉被过去，末了他还转头得意地看了我一眼。

当时我虽然有点不开心，但也不想计较，却不想阿德怒气冲冲地跟着那个男生下车，然后拍了拍他的后背说："你踩我的棉被是什么意思？"

男生意外地转头，看了阿德一眼，一句话也没说就想要继续走。

不料阿德拦住他，凶着脸说："为什么呀？"

男生支支吾吾的，却连一句话也说不出来，最后只好道了歉，阿德才放他走。

记得当时阿德还一本正经地对我说："丫头，有人欺负你就硬气地还击回去。"

我笑了笑，并没有说话。我知道阿德一向是不肯吃亏的，有人欺负了他，他就要讨回去，不管对象是男是女。

所以，当我看到一个女生对着阿德又是打又是骂，但他却一副享受的样子时，我震惊得下巴都要掉了。

还记得阿德曾经说过，要是以后他的女朋友对他蛮不讲理的话，他就休了她。然而现在，他活生生地被自己打脸了。

私下里聚会时，我调侃阿德说，怎么被女朋友打骂，还傻乎乎地笑呢。

阿德正了正脸，嘴角却不自觉地上钩，然后一脸幸福地说："不知道，对她怎么就突然没了脾气。"

画风变得太快，我在心里默念着："这还是我认识的阿德吗？"他可是五大三粗的人呀，现在却是一副陷入甜蜜的小男人的模样，这画面简直不忍直视嘛。

当然，我还是打心里为阿德感到开心。终于，有一个人可以降住他了。

阿德在女朋友的管教下，那一点就炸的脾气收敛了很多。别人招惹他时，他也不会像以前一样不依不饶。

我这才知道，原来爱可以让一个男人变得柔软，原来爱可以让一个男人不仅对自己的女人没脾气，也会对别人更加温柔。

2

曾经看到过一句话：遇到一个人，心就突然软了一下。而今天，我也想说：遇到一个人，你会突然没了脾气。

伯父是一个典型的"妻管严"。每次有人这么调侃他时，他不仅不会翻脸，而且还会笑着承认。

他说："老婆嘛，就是要疼着，哄着。"

记得有一次，伯父做了一件惹伯母生气的事，伯母就从早上一直念叨到晚上。

我想，这事若是放到一般家庭，夫妻俩肯定会大吵一架。但伯父却像没有听到一样，一句话也不说，仍是一副你念叨吧，你开心就好的样子。

等到伯母气消了，他就默默地泡一杯蜂蜜水，说是怕伯母生气了长皱纹，所以给她美容美容。

然后不论什么事就都没事了。

伯父当然也有被伯母气到的时候，也曾想和她痛痛快快地吵一架，但最后都忍了下来。

曾经见过伯父被伯母气得怒目圆睁、青筋暴起，却仍是没忍心对伯母说一句狠话。

那时候年纪小，以为伯父是不屑和伯母吵。长大后才知道，伯父那是爱伯母的表现呀。

是啊，爱一个人大概就是，即便你惹我生气了，却依然不想对你发脾气。

因为我怕你会难过，会伤心，所以宁愿气到爆炸，也舍不得和你红脸。

3

或许每个人的人生都这样，总会遇见一个人，让你为 ta 收敛所有脾气。

以前，我很讨厌等人，谁要是让我等上半个小时，我准没有好脸色。我的脾气也很差，谁若是惹我不开心，我就会和 ta 大吵一架。

但遇到了他，我才发觉等待也可以变得很幸福。我甚至愿意用理解去代替发脾气。

我想，你我总会遇上那么一个人，你愿意为 ta 收敛身上的脾气，愿意和 ta 心平气和地沟通交流。

而这一切的一切都是源于爱。

一直以来我都觉得“一物降一物”这句话甚是美好动听。

因为这句话揭示了一个事实，那就是总有一个人要“败”在另一个人的手里。而这种“败”是幸福的，快乐的，令人艳羡的。

电视剧里不就总是上演着这样的剧情。他，谁的话都不听，甚至被说急了，还会大发雷霆。

但若是让他的所爱去劝说，他不仅不会发脾气，甚至还会为了她去做他本不愿意做的事。

是呀，她就是他的软肋，他愿意为了她去做不想做的事，在面对她时，他突然就没了脾气。

如若有一天，你遇到了一个让你没了脾气，舍不得对 ta 红脸，舍不得 ta 伤心的人，那么这也许就是真爱了。

那么，你就要牢牢地抓住哦，毕竟真爱难寻，毕竟茫茫人海，能遇到一个舍不得对 ta 发脾气的人真的很难。

我睡你的时候，从来没有想过爱别人

你知道吗？我睡你的时候从来没有想过爱别人。因为我在心里认定你了，这一生一世就要你，所以我才会与你发生那么亲密的关系。

1

很多女生在与男生发生亲密关系后，就有一种“从此我就是他的人了”的归属感。

女生往往是打心里认定他了，真心抱着想和他一辈子的想法与他在一起。

并且，她会对他比以往更好，可以说她就是把他当作未来“老公”来对待。

天冷了，提醒他多穿点儿；天热了，提醒他多喝水；在他对学习、工作懈怠时给予他警醒和鼓励……她处处为他着想。

可是男生却未必领情，他会觉得她变了，变得比以往更爱管他。所以，对于她的关心，他觉得是一种束缚。

面对女生时，他就再也没有以往的小心翼翼和细心呵护了。因为他觉得反正你都是我的人了，所以他开始肆无忌惮。

2

小严的男朋友就是从和小严发生关系后变的。

在此之前，小严的男朋友是真心把小严捧在手心里疼。犹记得，我们第一次聚餐时，他会帮小严把鱼骨头剔掉，他知道小严不吃蒜头，帮她一一挑出来；在小严吃饱后，他会适时地递上餐巾纸。

所以，我和其他朋友都觉得小严是遇到真命天子了。

作为旁观者的我们都觉得小严的男朋友是一个大暖男，又体贴又温柔。身处情海里的小严就更不用说了，她早已跌入他的温柔里。

不久之后，小严的男友带着小严去旅游，两人也就顺理成章地发生了关系。

这在小严看来是情到深处，是自然而然。然而，他的男友却不这么想，不然为什么回去后，他就开始对小严忽冷忽热。

小严打电话找他时，他要么在工作，要么在加班，之后回电话过去，也是说不到两句就挂断。

他也不再像之前一样，细心温柔地帮小严剔鱼骨头了，不会适时地递上纸巾……

小严当然也意识到男友的变化，她问他是不是不爱她了，男友只说别乱想，却也不用行动去证明。

朋友和小严说或许他的旅行只不过是早有预谋，并不是真的爱你。

最后证明朋友说对了，不久之后小严的男友就开始玩消失，小严和他闹，他就说他受不了这样的女友，于是，提了分手。

小严这才知道，他所谓的细心、体贴不过是在做戏罢了。她自以为的情到深处不过是一个人的独角戏。

他其实就是想和她上床，并不是真心爱她。

可是，小严却一个人沉醉在他一手创造的迷雾里不知自拔。

3

其实，绝大部分女孩愿意和一个人发生关系只是因为爱。因为爱他，所以愿意把自己交付给他；因为爱他，哪怕不确定，她也愿意相信他；因为爱他，她把自己变成最勇敢的女孩……

可有些男生却只是套路罢了，等到女孩得手，他就狠心抛弃。

讲真，这样的渣男就不配拥有爱情。因为他揉碎了女孩的梦，打破了女孩对爱情的憧憬，更是残忍打碎了一颗赤诚之心……

所以，男生们，倘若你从未真正喜欢过她，从未想过和她一起过余生，从未把她纳入你的未来中……那么，请你不要假装爱她。

她很天真，会当真，会信，会沦陷，会以为你是真的和她一样沉醉在爱海中……

可是，女生们，你们也不要太傻，不要以为他带你去吃饭，带你去玩，对你说情话，就是真的爱你……或许那只是他的套路罢了。

我希望你能在迷醉的风里尚留一丝清醒和理智，不要太轻易地把自己交付给他。

4

当然，这世上并不是所有的男生都这样。

朋友临夏和女朋友在一起一年多了，两个人的感情与日俱增。

有一次聚会，另一个朋友问临夏说，拿下女朋友了吗？

临夏的脸瞬间红了，但他依旧一脸认真地说，我们在一起了，这几天正计划着见家长呢。

然后，我们活生生地吃了一口狗粮。

私底下，我对临夏说，你一定要好好对你的女朋友。一个女孩能在婚前和你发生关系，一定很爱你。

临夏也认真回复我说，他会的，他知道女朋友是信任他，爱他才会把自己托付给他。所以，他一定会加倍对她好。

从临夏女朋友柔和的面容中，我知道临夏是用心对待她的。因为被爱沐浴着的女孩，身上是有一种光的，而临夏的女朋友脸上就荡漾着幸福之光。

而这样的爱情真的很美好，彼此都坚定地认定了双方，眼里就只有一个ta。

这样的爱情才是水到渠成，是自然而然，是天作之合。

我希望你们遇到的都是一觉醒来，觉得甚是爱你的爱情。

而不是，起了床，你是你，我是我的陌路人。

这才是爱情里最好的状态

所谓默契就是，他们双方达成了共识，认为对方就是自己想要珍惜一辈子，想要共度一生的人。

爱情里最好的状态是什么？

有人说是彼此信任，又有人说是互相关心，而我想说是存有默契。

默契并不是一朝一夕就能够形成的，它需要情侣之间共同磨合，主动适应。

有默契的情侣，他们处理感情问题的态度是一致的。

经常听到身边的朋友抱怨说，每一次争吵之后，ta 都选择了做缩头乌龟。ta 在这边气得歇斯底里，而 ta 却连一个反应都懒得给。

朋友草莓的男友就是这样，每次草莓都是哭着来找我的。她说，她只不过就是想要一个答案，想要把事情说开。可他却总是含糊其词，用拙劣的方法转移话题。

这让草莓更生气，她觉得自己的爱很不值，他不懂得考虑她的感受，不把她当作一回事。

而草莓的男友错误地以为他老是提那件事，只会让她更不开心，于是就拼了命地把话题往别的地方带，就是不给草莓一个答案。

殊不知，这才是最大的问题。

我曾劝过草莓把自己的想法告诉男友，草莓也和他好好谈过了。

男友向草莓允诺以后再出现矛盾，不会逃避，会好好和她谈开。

然而，下一次，他依然如此，不解释，不面对。草莓也依然被他气得暴跳如雷。但因为爱，她还是选择了包容。

然而，突然有一天，草莓和我说，她累了，她要和男朋友分手。而那时，草莓和男友已经谈了整整四年的恋爱。

可是，四年的恋情却依旧没有让他们磨合得更融洽，也没有达成该有的默契，努力的一方终有一天是会累的。

没有认真磨合和主动去适应的恋情，就算谈得再久，走得再远，也依旧无法形成情侣间的默契。

而没有默契的恋情，往往会让人觉得累，让人累的爱情不会走得太远。

再说说身边的另一对情侣。相对草莓恳求式地让男友一起积极解决问题，荔枝和男友却是约好了一样，一有问题就及时说清楚，绝不让误会过夜，正因为如此，他俩的感情愈加深厚。

荔枝和男友每一次惹对方不开心了，就会第一时间告诉对方，然后共同解决问题，绝不会让那根刺留在心里太久。

因为他们觉得，彼此是要一起走下去的人，爱情需要共同经营和守护，所以，他们的矛盾从来不会过夜。

这就是情侣之间该有的默契，我不希望你不快乐，不希望你心里难受，所以我们一起尽早把问题解决。

当然，这仅仅只是情侣间的默契之一。

我身边有很多没有上大学的同学都嫁人了。我经常看见她们在空间里发类似于“找老公就要找一个顾家的人才好”，又或者“女性朋友多的男人不靠谱”之类的说说。

她们也会因为男人晚一点回家而暴跳如雷，会因为男人出去与朋友聚会而歇斯底里。

而男人觉得她束缚了他的自由，让他压抑，所以也就愈加不愿意回家去面对她。夫妻俩的感情自然也就不好。

我想这也许就是所谓的爱情的“坟墓”吧。

然而，同样是走向了婚姻，有些人却把它过出了花来，有所依靠，有所期待。

桃子和老公就是这样的一对小夫妻。他们不会束缚彼此，不会撒泼发火，相反总是彼此信任，彼此依靠。

对于他俩的感情状态，我们都很羡慕，一位我们共同的朋友向他们取经是怎么做到的。

桃子和老公相视一笑，说出了同一个词，那就是默契。

所谓默契就是，他们彼此达成了共识，认为对方就是自己想要珍惜一辈子，想要共度一生的人。

所以，他们信任彼此，给予各自相对的空间，感情自然也就和美顺畅。

他们不会限制对方下班后必须马上回家；不会翻查对方的手机；更不会束缚对方去见朋友的自由……

因为他们已经达成了一种默契，那就是主动顾及对方的感受，给予对方百分百的信任。

所以，很多事不用说，双方都能自觉主动地去做，而这在无形之中也成了默契。

反观没有默契的夫妻，一方总是在怀疑另一方会不会背叛自己，是不是被欺骗了等等……

这样的感情很累，也没有意义，而且只可维持一段时间。久而久之，双方累了，也就散了。

因为他们没有达成一种契约，那就是忠于彼此、信任彼此的契约。

其实，有默契的情侣，我们只要稍加观察就能感受到。

因为有默契的情侣，他们只要一方做出一个眼神、一个举动，不用说明，另一方就能懂得，理解。

在我们旁人看来，可能会觉得莫名其妙，不得其解。但在当事人看来，却是自然而然，再平常不过。

见过有默契的情侣，你会发觉这世上最好的感情状态就是如此。你懂我的每一个小动作、小眼神，我也懂得你未说出口的那句话、未表明的那个意思。

有默契的情侣，他们的幸福度非常高，他们的脸上也总是洋溢着快乐的笑容。与他们相处，你会发觉自己也不知不觉被感染，总有一种细微、甜蜜的气氛包围着你，让你想不快乐都难。

当然，要想培养这种默契从来就不简单，它需要双方有一个共识，那就是把对方看作是要一生在一起的人。

只有这样，彼此才会为了爱，为了那个人，共同磨合，主动去适应。久而久之，这种默契才能形成。

所以，爱情里最好的状态就是我们有同样的共识、同样的决心，有精神上的契约，也就是有了最难得的默契。

离开你，我终于放过了自己

执着有时未必是好事。

“啪”的一声，一记响亮的耳光，打在李幸安的脸上。

赵小乐瞪大了双眼，牢牢地盯着李幸安的眼睛，似是要把他看透。

李幸安略微有点窘迫，双眼也看着赵小乐，似乎有点无辜。

赵小乐心里的怒火熊熊燃烧，他怎么可以这样子？怎么可以一次又一次地欺骗我，我早该看透了不是吗？

瞪了几秒，赵小乐狠狠地瞥了李幸安一眼，决绝地转身离去。

李幸安在后面紧追不舍，走至一个僻静的角落，他一把扯住赵小乐的胳膊，不说话却也不肯让她走。

赵小乐狠狠地挣脱，甚至用指甲掐李幸安的手背，可李幸安还是不肯放手。

赵小乐挣得也累了，渐渐安静下来。

“你可以呀，背着我申请小号，还用她的照片做头像，你真的是太厉害了！”赵小乐浑身颤抖。

李幸安一如既往地沉默。

“你什么时候申请小号加她的？”

“我说要彼此冷静冷静的时候，本来晚上我是来和你说分手的，准备拿这个给你看让你死心的。”

赵小乐听完李幸安的回答并没有落泪，也没有心痛，有的只是满心的悲凉。

相爱了这么久的人，竟然可以这么残忍，就连分手也要用这么极端的方式。呵呵，真是谈的一场好恋爱。

“那你刚才说和好是什么意思？”

“我本来是想分手的，但现在又不想分了。”

“哈，你还真是随性！”

“分吧，你现在不想分，我想分。”赵小乐愤怒地嚷道。

“我不分。”李幸安一脸赖皮。

他这个样子，反而更加激怒了赵小乐。她那么生气，他却不当一回事！

“你走吧，我回去了。”赵小乐显得十分疲惫。

“好，晚上我打电话给你。”

回到宿舍，赵小乐失魂落魄地躺在床上，闷头躲进被窝里，想要一觉睡过去，可过往的回忆就像是洪流一样奔腾而出，挡也挡不住。

犹记得第一次见到李幸安还是在高中的校园里。赵小乐拉着笨重的行李箱，走在一段凹凸不平的石头路上，实在是拉不动了，赵小乐就停在路边休息。

李幸安背着简单的行囊，问：“同学，你知道宿舍楼怎么走吗？”

赵小乐缓缓抬头，看了一眼面前的男生：清秀的面容，刘海粘着汗贴在了额前。“我也要去宿舍，你跟着我走吧 。”

“行，谢谢你呀。”李幸安礼貌地笑了笑。

赵小乐拖着行李箱继续往前走。

“我帮你拿吧。”李幸安伸手拖过她的行李箱。

“谢谢你呀。”赵小乐没有推辞，她的手实在是太酸了。

两人都是进入高中第一个认识的人，自然而然地走得比较近，可那时他们只是单纯的好朋友，并没有发生任何故事。

大学是恋爱的好时期，虽然两人不在同一个学校，但也无法阻挡两颗相爱的心。

在赵小乐因为军训而上火时，李幸安会买一大袋水果去看她，尽管那时他也在军训。

赵小乐嚷嚷着要吃肉时，李幸安就带着她去吃牛排。

赵小乐矫情闹情绪时，李幸安就会从学校飞奔到她的身边。

那时候的赵小乐幸福得就像是生活在蜜坛里一样，灿烂的笑容时常荡漾在嘴边。

可是后来，李幸安变得很忙，他不再有空去看她，她生病了也只是叮嘱她多喝水，她闹脾气，他也只撂下一句“别闹了”就挂掉电话。

大一下学期李幸安学校举办中秋晚会，赵小乐满心欢喜地跑去找他，想要和他一起度过中秋佳节。

可李幸安是大一新生，要表演节目，根本就没有时间陪她。赵小乐就一个人坐在板凳上，即使无聊也不抱怨，因为她等的是她心尖上的人。

晚上赵小乐不愿意去宾馆，两人就待在室内体育馆里。说好的聊通宵，结果李幸安自己趴在桌子上呼呼大睡。

尽管赵小乐可怜兮兮地说害怕，尽管她摇醒了他好几次，可他依然不为所动埋头大睡。

赵小乐一个人睁着眼睛对峙黑暗，崩溃、凄凉、害怕充斥着她的心，口口声声说爱她的人就这样爱她。

让赵小乐失望的还不只这一次。

有一次两人在校园里散步，不知道因为什么发生了分歧，李幸安抛下赵小乐一个人，自己走了。那时已是晚上十点，黑夜已然降临，校园里的人寥寥无几，只有几盏路灯孤独地站在那里。赵小乐蜷缩在路边，掩面哭泣，显得孤单又绝望。

赵小乐站在原地等了半个小时，依然等不到李幸安的身影，她只好凭着来时的模糊记忆自己走回去。

赵小乐清楚地知道李幸安不是不知道她胆小，不是不知道她怕黑，不是不知道她路痴，也不是不知道她会因此难过，他都知道，只是他不在乎。

赵小乐彻夜未眠，脑袋里一直回放着过往，她越想越气愤，越想越不值，一个想法在她心中形成。

手机震动，是李幸安打来的。

“我们不分手好吗？”李幸安低沉的声音响起。

“你别生气了好吗？我以后再也不这样了。”

“我困了，我去睡了。”赵小乐一点也不想听到他的声音。

“好的，晚安，爱你，小乐。”

听着李幸安顺口拈来的晚安、爱你，赵小乐只觉得讽刺。爱我？呵呵。

赵小乐并没有睡，她给经常和李幸安聊天的女孩发了 qq 消息。

那个女孩叫作音，是赵小乐和李幸安的高中同学。赵小乐和她并不熟，可以说是遇见也不会打招呼的路人。李幸安是音的高中同桌，两人感情甚好。

音一直是赵小乐的心头刺，因为她，李幸安一次又一次地欺骗她。但她又是李幸安刺伤赵小乐最有效的武器，所以才会有李幸安为了让赵小乐死心，特意申请小号，用她照片做头像的那一出。

第二天赵小乐如往常一样收到了李幸安的早安短信，可她却再也没有了那种幸福快乐的感觉。

她知道自己该放手了。她打开手机后盖，拔掉电话卡，扔进了垃圾桶里。

她再也不想回到那个泥沼里了，再也不想为他犯傻了，她要彻底地和他说再见，不，是再也不见。

打定主意后的赵小乐对于李幸安的百般讨好和死命认错都不予理睬。因为她知道机会给他了他也未必会珍惜，况且，自己已经不爱他了。

赵小乐把她全部的精力都放在了学习和功课上。久而久之，李幸安这个词就成了过去的休止符。

直到现在，赵小乐才懂得，原来有时候，执着未必是一件好事，既苦了自己又扰了别人，倒不如离开他，放过自己，也放过他。

听说，这样的女人很酷

不回头，不张望，做自己的女王。

和闺密聚会的时候，我们聊起了这样一个话题，什么样的女人最酷？

小雅说，经济独立的女人最酷。

小可说，最酷的女人应该是受万人敬仰的。

可是，我觉得，最酷的女人应当是即使再爱，再不舍，可一旦发现对方不忠，也都够决绝转身离去。

因为，自古女人就难逃一个“情”字，所以，就算她经济再独立，再受万人敬仰，当她掉入了情网，也终难以逃脱。

1

大学毕业后，在第一家公司实习时，遇到了一个姐姐，姑且就叫她杨姐吧。

杨姐说，她和老公是相恋十年的同学，然而就在第十年，她老公出轨了。

杨姐老公第一次出轨时，杨姐难以接受，但她也忍了。她愿意再给他一次机会，她说十年不易，婚姻不易。

而杨姐的老公口口声声答应她，说他会改变，不会再做对不起她的事。

然而，不久之后，他又打脸了。没错，他再次出轨了。这一次，杨姐彻底死心了。她说，她尽力了，不管是在这段感情里还是婚姻里，她都尽力了。

当杨姐说要离婚时，她爸妈不仅不支持她，还说她给他们丢脸了，要她忍一忍，不要太任性，而杨姐的婆婆也挽留她不要离婚。

可杨姐知道，**一次出轨，百次不容。**

她说，有些错，第一次犯，或许可以原谅，可以再给他一次机会。但若他不珍惜，那就真的该转身了。

于是，杨姐带着行囊，来到了这个城市重新开始她的生活。

听杨姐谈起这段感情时，我不禁唏嘘，我说，十年呀，怎么可以背叛，怎么能够舍得。

杨姐却只是耸了耸肩，仍旧一副轻松的模样。**她说，我们给予很多人百分百的信任，但对方并不一定会百分百回馈。当遭受背叛，除了接受事实，除了鼓起勇气离开，你别无选择。**

是呀，委曲求全没有用，忍气吞声也没有用。这并不会使他悔改。相反，只会将自己置于泥潭里直至无力挣扎。

2

这世上，有最酷的女人就有最不酷的女人，那么她又是怎样的？

是明知男人已经不爱她了，甚至用言语鞭打她，用行动背叛她，她却仍然纠缠不休，把自己置身于泥沼之中，沉沦再沉沦。

小田在工厂里谈了个男朋友，但她的男朋友不仅好吃懒做，还特别花心。

小田每次下班回家都要做饭给他吃，然后帮他盛好。可他吃完之后并不会帮她一起收拾，而是事不关己，乐和乐和地跑去打游戏。

尽管小田对男朋友体贴万分，但他并不珍惜。过年的时候，两人异地，小田偶然登录男友的QQ，发现男友和别的女生说他没有女朋友，而且还暧昧地叫对方为老婆。

小田自然无法接受，她打电话质问男友，为什么要那样。男友不仅没有解释，还很理直气壮地说，我就是这样，不能忍就分手。

看到这里，你一定以为小田会霸气地提出分手。然而，事实却恰恰相反，她不仅没了质问的底气，还祈求男生不要生气，不要提分手。

于是，在她的百般哀求下，她的男友才“勉为其难”地答应和她继续在一起。

我劝小田说，这样的渣男早分早好。可她嘴上应着，背地里却和男友继续交往。

直到她怀孕了，男友却躲了起来，她才认清，原来这个男人，从头到尾都没有真真正正地爱过自己。

他只是理所当然地接受着她的爱、她的付出罢了。

在此之前，小田本有很多次机会转身离去，可她却一次又一次地选择了妥协，选择了没有尊严地留在他身边。

现在，她终于懂得了他不爱她，却也付出了惨重的代价。因为男友**给她的伤害，不仅仅是身体上的，更是心灵上的。**

3

前几天刷朋友圈，看到杨姐晒了好几张和朋友吃喝玩乐的照片，照片上的她依旧有着明艳动人的微笑。

她如往日一样，依旧活得那么潇洒自在，做着自己想做的工作，三两好友围在身旁，不胜惬意。

再看看小田，明明才二十几岁，可相较三十岁的杨姐却老了很多。

其中的原因不言而明。

杨姐在遭遇背叛时，她懂得及时止损，及早抽身。而小田却一次又一次地选择了忍耐，直至心碎，身伤。

自然，两人的状态就大有不同。

谈恋爱就像是买彩票一样，幸运的赢得奖励，不幸的只能以失败告终。

能收获美满的爱情自然可喜可贺，但若是不幸被辜负，那么你要继续投入，还是及早止损？

俗话说，十赌九输，倘若你也像赌徒心理一样，不甘心，不放手，不看形势，继续贡献，那你自然也要满盘皆输。

所以，当遇人不淑时，千万不要一次又一次地放低下限，不要一次又一次地抛弃尊严。那并不会让你好过，反而会让你离深渊更近一步。

作为女人的我们，一定要酷。遇到好男人，就好好地把握，遇到渣男，就狠狠地甩掉。

不回头，不张望，做自己的女王。

没能永远在一起也没关系，你来过就好

红尘茫茫，我们有幸相遇，却最终分离。但彼此依然感谢有你陪伴的日子，即使不能永远在一起，可只要你来过，我就没有遗憾。

1

在大四那年，林先生和菜姐最终还是分手了。

不是因为距离，也不是因为家人反对，更不是不爱了。

按菜姐的话来说，是不能再爱了。

林先生和菜姐的故事和所有的校园爱情一样，他们是同一个专业的同学，又进了同一个协会。

他们又都是活泼外向的人，于是一来二往两个人渐渐熟悉起来。

因为我们是国防专业，所以军训的时候，我们还有一项特别磨人的任务，那就是磨军被。

这是一件需要体力和耐力的事，我和其他舍友都是等教官下了命令才去磨一磨。

但菜姐就不一样，她可勤奋了，只要一没课，她就把被子拿出来倒腾。当然，磨被子无需她多费力，因为有林先生帮她。

于是，等林先生走后我们就调侃菜姐："哎哟，不错哦，真幸福。"

菜姐虽红着脸抗议，但她嘴角灿烂的弧度却出卖了她。

每次我们去食堂吃饭都会“偶遇”林先生，林先生就会和菜姐

打招呼。

他说："菜姐，我好饿啊，你要不要请我吃饭呀。"语气暧昧而又亲近。

而菜姐却是落落大方地回道："可以呀，你想吃什么？"

然后林先生就端着自己的餐盘从菜姐面前飘然而过。

而我和舍友则默默地看着他俩你来我往地传情，好不羡慕。

2

大一下学期，林先生向菜姐表白了。恋爱期的菜姐是明媚的、快乐的、幸福的。

每次去上课我和其他舍友都要站在烈日下或者风雨中苦巴巴地等着小绿（校车）的到来，而菜姐则浪漫多了，她有林先生的"宝马"载她。

每逢期末考，托菜姐的福，我们都能考个不错的成绩。因为林先生为了菜姐能轻松地考过，总是提前做一个复习大纲，尽可能地缩小考试范围，而菜姐也会无私地分享给我们。

于是，我们宿舍里时常传着这样一句话："找男友，当找林先生版。"

当然，菜姐对林先生也是极好的，有一次林先生兼职回校恰好遇上了大雨，被困在了车站。

菜姐拿着两把伞就冲入了雨中，像一个冲锋陷阵的人儿直奔林先生那里。

回来后，毫无意外的，菜姐全身湿透了。

我和舍友笑她说："下这么大的雨，送伞还不是一样被淋湿了，倒不如等雨小点。"

菜姐却一脸认真地说："不一样的，他兼职回来一定很累，我就想他早点回去休息。”

菜姐的话里藏着无限的深情，于是我们懂了，她只是为他考虑多一点而已。

倘若爱情到这里一直延续下去就完美了，可是世事总是无常。

3

到了大四，林先生突然变得很忙，忙到像是遗忘了还有菜姐这个人一样。

但他要是真的忙也就罢了，可事实并非如此。

因为菜姐在林先生的手机里发现了他和一个小学妹暧昧的聊天记录。

霎时，菜姐明白了，他不是忙，是另有所爱。

于是，菜姐和林先生吵了一架。后来，林先生向菜姐道歉了。

即便心里委屈不已，即便心里仍有膈应，但因为爱，菜姐还是选择了原谅。

然而她的原谅却没有让林先生改过自新，他依然不主动联系她，依然和小学妹暧昧地聊天。

曾经总是把林先生挂在嘴边，把甜美笑容挂在脸上的菜姐变成了一个愁云密布、为情所困的人儿。

有时半夜我还能听到她躲在被窝里压抑而又心碎的哭声。我知道菜姐她是真的伤心了。

菜姐郁郁寡欢了一个月，最后还是向林先生提出了分手，而林先生也同意了。

很快，我们就到了大四下学期。毕业典礼时，听舍友说，林先生在暑假期间找过她，想让她帮忙劝劝菜姐和他和好，但舍友拒绝了。

而我也在毕业典礼那天问菜姐，对林先生是否还有爱？

菜姐抿着嘴说，爱，但不会在一起了。

我大概能理解这样一种感受，因为过去的回忆太过美好，因为对他的爱太过深沉，所以还爱着他。

但正是因为如此，所以当他们的爱情蒙上一层灰时，即使还爱却也无法接受了。

我又问菜姐，会不会恨林先生。

菜姐说，曾经恨过，但现在不了。因为是他给她带来了那么多美好的回忆，是他满足了她对爱情的所有期待。

所以呀，即便最后没有在一起，但她仍感谢他曾经来过她的世界，惊艳了她的时光。

4

听到过太多太多的叹息，曾经的模范情侣，曾经的轰轰烈烈，曾经的恩恩爱爱，怎么突然之间说不爱就不爱了呢？怎么可以就这样分道扬镳了呢？

不应该的，他们应当在一起，必须在一起，只有这样，结局才能圆满啊。

可是，亲爱的，这世间有千千万万对情侣，又有几对情侣能够从一而终地走到最后，又有多少人的身旁还是当初的那个 ta ？

爱过却错过了，但是没关系的，因为 ta 曾陪着你走过无数个美好的日夜，ta 曾给予你无限珍贵的回忆，ta 曾参与了你的青春年华。

因为 ta 来过，所以即便没能走到最后，也不遗憾！

攒够了失望，我就离开你

再也不回头，再也不留恋，从此只爱你自己。

1

“小欧，姓陈的又骗我了。”

“小欧，我再也不能相信爱了！”

“小欧，是不是所有的男人都这么坏？”

……

每隔一段时间，我就会听到类似的话。在皮皮的眼里，姓陈的简直就是一个无敌大渣男。

他一次又一次地伤害了她，一次又一次地欺骗了她。

而她因为爱，选择了把委屈吞咽，把悲伤掩藏，假装他还是那个他，他的爱从来没有变过。

可是，事实并不会因为她的自我欺骗就不存在，真实的感受即便掩盖得了一时，却掩盖不了一世。

当失望逐渐叠加，它就像是不断充气的气球，随着它越发膨胀，终有一时是会爆发的。

2

皮皮和陈先生的认识很平常。在一次 Party 上，两人默契地被彼此的歌喉吸引了，于是交换了电话号码和微信号，从此便不分昼夜地聊了起来。

现实中的皮皮是一个很柔弱很文静的女孩，因为这样的性格，她的身边鲜有男生出现。

于是，**陈先生的到来就像是一束明亮的光，照亮了她阴暗沉寂的世界。**最后，她无可救药地爱上了陈先生。

陈先生总是会时不时地给皮皮发消息，让她分享一些听过的歌，看过的电影。

而皮皮对于他发来的每一条消息都视若珍宝，即便是一句你吃了吗，她都要小心斟酌好久才回过去。

于是，我知道皮皮沦陷了。

最后的事实证明，我的猜测是对的。皮皮不仅沦陷了，而且连底线也没了。

陈先生每天都会给皮皮发早晚安，皮皮生病时他也会贴心地关怀，甚至天气变热，他还会提醒皮皮该泡什么花茶喝比较好。

在他温柔的攻势下，皮皮早已举起了白旗。

一周之后，陈先生向皮皮表白了。而这一天，皮皮早就期待着。顾不上矜持，皮皮满心欢喜地答应了。

于是，文静内向的皮皮也变得活泼开朗，我知道那是爱情的力量。

然而，快乐来得越强烈，那么失望也就会来得越决裂。

陈先生和皮皮在一起还不到一个月，他就玩起了失踪。皮皮给他打电话，他不接，发短信他也不回。

傻傻的皮皮还以为自己做错了什么，不断地发短信告诉他，她错了，不要不理她。

然而，皮皮的紧张、卑微和恳求，陈先生完全不放在眼里，皮皮紧握的手机还是沉寂一片。

不忍心皮皮一副战战兢兢的模样，最后我陪着她去陈先生的宿舍找他。

原来陈先生忙着和舍友打游戏，游戏之外的一切全都被他抛在了脑后。

我对他说，以后玩游戏记得和皮皮说一声，她还以为怎么了呢。

陈先生抓起手机看了一下，皱着眉头说，我就玩一会游戏，你至于发这么多短信吗？

陈先生的态度让我大为光火，我刚想说些什么，皮皮就拉着我的手说："下次不会了。那你记得以后发短信和我说下。"

陈先生撇着头，从鼻腔里哼了一声作为回应。

然而，陈先生说的话就像放屁一样，绝无诚信可言。

下一次，皮皮找他依然是电话不通，短信不回。日子久了，皮皮的眉头又染上了一层浓厚的愁绪。

我看不过去，就劝皮皮和陈先生好好谈一谈。

皮皮点头说好，然而之后她却是红着眼回来的。

原来陈先生说，如果她要这么束缚他，那么就别在一起好了。

多么混蛋的话，多么渣的人品。即便如此，皮皮却还是一往情深。

可她的笑容却越来越少，人也越来越憔悴。

陈先生总是有办法让皮皮为他忙前忙后，比如帮他写一篇论文，比如帮他写写作业……

而傻傻的皮皮总是满心欢喜地答应。**我说他是在利用你罢了，可皮皮却认为他这是需要她，离不开她的表现。**

然而，最后的最后我才懂得，陈先生爱不爱皮皮，其实她自己心知肚明。

只是感情从来就不是一件可以随意控制的东西，她做不到收放自如，做不到说放手就放手。

于是，她放任自己的心被他践踏，任他肆意挥霍自己的爱意。

她只是在等那一刻，等到攒够失望她就离开他的那一刻。

不知是幸运还是不幸，皮皮在被陈先生伤透了心之后，终于决绝地提出了分手。

那天，陈先生突然约皮皮见面。皮皮好一番打扮才去见他，然而他开口的第一句话就让皮皮寒了心。

他说他生日要到了，他想要最新款的明星球鞋。

他说得是那么自然，那么理所当然。然而，傻气的皮皮却还是点头答应了。

好在接下来的事彻底打醒了她，让她明白眼前的并非良人，不值得她付出。

原来，陈先生回去的时候把手机落在了皮皮的包里。

本来皮皮是无意看他手机的，但他的手机却一直震个不停，有一个叫作彩的女孩一直给他发短信。

他们聊天的内容和当初陈先生跟皮皮说过的话相差无几。

于是，皮皮懂得了，他不是忙，不是性格如此，她只是他众多女性朋友里的其中之一罢了。

皮皮把手机还给陈先生时，提出了分手。

陈先生错愕的神情，皮皮说至今想来都难以忘怀。

她知道她早该如此的，只是她还眷恋着他曾经给过的那一丝温暖。

与此同时，她也在等死心的那一刻，等时候到了，她自然就会离开他。

3

没有哪个女孩不曾奢望过，可以和他谈一个永不分手的恋爱，没有哪个女孩不曾幻想过，和他一起度过一个完整的余生。

可是，并不是所有的爱都能被成全，也并不是所有的有情人都可以终成

眷属。

有人被疼爱，就有人被辜负。

在这段感情里，你付出了，可他却未必懂得珍惜。

但你不舍得，不舍得你们的美好过去，不舍得那个曾给过你一丝温暖的人……

于是，你捂着伤口，努力着，挣扎着，可他却依旧看不到你伤痕累累的心口，依旧我行我素，不管不顾。

你痛，你难受，你害怕，你说你做不到说不爱就不爱，做不到收放自如。你折磨着自己，在这段感情里垂死挣扎。

可是没关系呀，等攒够了失望，你自动就会离开他！

你会告诉自己，再也不回头，再也不留恋，从此只爱你自己。

你总是一副不珍惜我的样子，让我怎么在你身边停留

热恋期过后他像是变了一个人，仿佛曾经拼命对她好的人不是他。

大三那年，陈成和林静在一起了，和所有刚开始的恋情一样，陈成真的是把林静捧在手心里疼。

林静生病了，陈成立马买药送到我们宿舍；林静成绩退步了，陈成会花好几个晚上把课后习题全部弄懂，然后一题一题讲给她听；林静说想要吃哪里的点心，陈成二话不说，骑上小电驴就去买了。

那会儿我们几个舍友经常调侃林静，说她是调教男友的一把手，而林静总是红着脸说“不是呢，是他主动对我好”。

林静那娇羞的模样我们至今记得。然而，**热恋期过后陈成像是变了一个人，仿佛曾经拼命对林静好的人不是他。**

那是林静生日的时候，原本计划我们和她的男友一起陪她庆祝，可陈成说他想要和她过二人世界。于是，林静只好和他单独出去了。

然而那天林静是哭着回来的。她说她没有等到陈成，她打电话、发短信他都不回。

她以为他可能是半路堵车了，所以就耐心地继续等，可等到夜深人静，等到所有的顾客都走了，等到店都要打烊了，陈成还是没

有来。

她一个人走在回来的路上，心碎成了一地。在校门口她遇上了陈成，陈成一脸愧疚地对她说，对不起，我下午玩游戏，把手机关机了，没想到就玩到了那么晚……

林静瞪大了双眼看着他，她不敢相信眼前就是那个曾经把她捧在手心里疼的人。她不想和他说任何话，转身往宿舍走去，陈成却拉住她的手，不让她离去。

林静生气地甩开了。这次，陈成连愧疚都没了，他生气地嚷道，我都道歉了，你还想怎样？

那一刻林静心如死灰，她知道他再也不是以前的那个他了。

可所有的女孩对于第一次恋上的男孩都是无比的宽容。在陈成连续数日的鲜花、零食、短信轰炸后，林静还是选择了原谅，可我知道她原谅他并不是因为那些东西，**而是她对他还有爱。**

林静以为经过这次，陈成应当会对她好点，可最后她还是失望了。

节假日的时候我和舍友都回家了，林静为了陪陈成留在了学校。

第一天他们出去玩时突然下起了大雨，两人都被淋湿了。

第二天林静就发烧了。她摸索着手机拨打了陈成的电话，那会儿陈成正和舍友组队玩英雄联盟，还未等林静说第二句话，他就“啪嗒”一声把电话挂了。

林静再次拨通他的号码，她说她发烧了很难受。陈成隔着电话指责道：“打什么电话呀，一直打，不知道我在玩游戏！难受不会自己去看！”

陈成怒火涛涛，可林静却心灰意冷。于是，她挂掉电话，自己挣扎着从床上爬了起来，迈着晕乎乎的步子去医院。

有一句话是这么说的：感谢你，在我需要的时候，你却不在。这让我看

清了你，也看清了我们的这段感情。

回到宿舍后，林静向陈成提出了分手，陈成连挽留都没有便爽快地答应了。

分手后，林静颓废了一段时间。她整日窝在宿舍，不管我们怎么祈求她都不肯陪我们出去玩；不管我们怎么逗她笑，她依然苦着一张脸……

我知道，这次她是真的伤到了。

可或许伤到极致伤就会自动愈合，就像绝望后就是希望一样。

过了一个月，林静便又重新振作起来。她开始参加活动，努力学习，兼职赚钱，生活过得很是充实。

两个月过后，陈成突然来找林静，他说他错了，是他不好，不懂珍惜，求她再给他一次机会。

林静决绝地说不可能了，她不爱了 。

可陈成还是不肯放弃，他给她发短信、打电话，他一遍又一遍地忏悔，甚至声泪俱下地求她，但林静还是没有心软。

是啊，怎么会心软。在她生日的时候，他让她一个人苦苦地等待，就算是道歉也那么没有诚意。

在她生病、最需要关怀的时候，他还是心心念念着他的游戏，不把她的健康放在心上，让她怎么能爱。

现在他说错了，后悔了，又有什么用，她的心早已冷掉。

他说再给他一次机会，林静没有给吗？她给了，只是他不珍惜。对于他的忽略林静选择了包容，可他却不知改变，依然挥霍着她的感情，无视她的感受，一次一次把她的心伤了。

而如今，林静从泥沼里爬了出来，她又凭什么再给他一次机会。

有多少感情的破裂，是因为不被珍惜；有多少人的离去，是因为心太痛。

我希望当我爱着你的时候，你也爱着我；在我把整颗心献给你的时候，你不挥霍；在你偶尔失去我时，能够痛定思痛。

倘若你做不到，就别问我为什么不能在你身边停留！

姑娘，别再贪恋泥沼里的温暖

你要的温暖不会到来，他只会给你伤害罢了。

1

安子的男朋友陈大武在我看来就是个渣男。他不仅情商低还爱到处拈花惹草。每次安子找我哭诉的时候我都恨不得跑过去甩他两巴掌。

安子和他是在选修课上认识的。老师要求做一个测试题，陈大武没有带笔，就向安子借。

这一来二去两人就聊上了。陈大武加了安子的QQ，一有时间就找安子海侃。安子秉持多一个朋友多一份快乐的原则，也愿意和他聊天。

故事的转折发生在一个下雨天。那天大雨滂沱，安子和舍友恰好都带了伞，而陈大武却没有，义气的安子就给了他一把伞。

安子和舍友两人合撑一把伞回去。到了宿舍，安子发了条动态，内容是淋成狗。陈大武秒赞，当晚就向安子诉衷肠，赞美安子是个很善良的人，希望可以认她为妹妹。单纯的安子答应了。

之后陈大武经常提着一大袋水果、零食，以哥哥的名义送给安子，而安子推卸不掉就接受了。

后来的后来，发展成陈大武向安子表白，而安子在舍友的起哄下羞涩地答应了。

2

陈大武和安子在一起后依然会买各种零食给安子吃，得知安子要考公务员就帮她买书，知道安子冬天怕冷，就送她暖手宝，甚至是买红糖给安子泡水喝。

安子幸福地沉溺在陈大武的无限疼爱中。但蜜吃多了也是会粘牙的。

安子的生日快到了，陈大武对安子说他现在的工资只能养活自己，所以礼物可能送不了，希望安子谅解。

善良的安子当然会理解他咯。她安慰陈大武说，没事的，只要你有那颗心就好。

然而，有些事总让人猝不及防。某日，安子登上陈大武的淘宝，发现陈大武购买了很多女生用品。有一套睡衣、一个抱枕，还有一套化妆品，然而接收人却不是她。

安子看到时心猛地一沉，立马拨号找陈大武问清楚。

陈大武的回答混账无比。他说那个女生在他生日时送了一个钱包给他，一百多块的，所以他也要礼尚往来。安子说，礼尚往来是没错，但你送睡衣、抱枕这么暧昧的礼物是什么意思？

陈大武很不耐烦，一句你不要总是这么无理取闹，把安子堵得无话可说。

安子以为真的是自己的错。问我说，她是不是真的做错了？

我听完安子的哭诉，气血贲张，忍着熊熊怒火说，陈大武要礼尚往来没有错，错在不该送那么暧昧的礼物给女生，他不是说没钱送你礼物吗，怎么有钱送礼物给别的女生，一送还一大堆。

安子皱着眉头回我，是啊，他说他没钱，我是真的理解他。平时他要给我买东西，我都舍不得。上次他要给我买睡衣我也是挑便宜的，可他却给别的女生买一百多的。我感觉自己就像是家庭主妇，陈大武宁愿把钱花在情人身上。

安子越说越委屈，眼泪扑簌扑簌地掉下来。而我能做的就是把肩膀借给她靠一靠，陪着她。

最后安子还是原谅了陈大武。她说她忘不了他的好，只要一想到分开，她就感觉自己快要窒息了。

作为安子的朋友，我尊重她的决定。毕竟我只是个旁观者，所有的爱恨情仇是安子在经历，我无法切身体会。

3

安子和陈大武相安无事一段时间后，陈大武突然告诉安子他要去别的城市工作。虽然万分不舍，但安子还是希望他能有一个好的发展，她说她不想成为他的绊脚石。

异地后，陈大武很少联系安子。安子只好主动联系，但常常被陈大武以工作忙、要睡觉为由，匆匆结束通话。

安子的体重由之前的 100 斤骤减为 80 斤，两条细腿，变得跟火柴棍儿一样，好像一折就能断。

我和舍友们实在是看不过去，就拉着安子到处游玩，讲笑话逗她开心。安子渐渐地不再愁眉苦脸，偶尔也能跟着我们开怀大笑。

我们以为这次安子是真的走出来了，却不知安子又默默地和陈大武和好了。

安子说她是不想让我们担心，所以就假装慢慢好起来。事实是一到晚上，她就整夜整夜睡不着觉，过往的那些美好一直在她的脑海里回放，拉扯着她的心，她实在无法接受曾经对她百般疼爱的人就这么抽身离去。

所以她又找他复合了。

和好后，安子百般迁就陈大武，尽管想他也不会主动联系，怕打扰他工作。但只要陈大武一联系安子，她就会立马放下手头的事陪他。

安子就像是古代的嫔妃一样等待着皇上的临幸。我们知道安子还没有死心，所以不管我们怎么劝说也没用。

4

安子说国庆节她要去陈大武的城市看他，他答应安子陪她游玩。看着安子掩不住的幸福，我和舍友们由衷地替她感到高兴。

国庆回来后，安子兴奋地说，她成了他的女人，他们再也不会分开了。然而安子高兴的劲头还没过去两天，陈大武就提出分手。

安子百思不得其解，那个前两天还带着她游玩，抱着她睡觉，和她有了肌肤之亲的人怎么一转身就变得这么陌生。

安子打电话问陈大武为什么突然要分手？

他说，大家都是成年人，分手就是分手，没必要纠缠不清。

后来安子把陈大武送的所有东西全部扔掉，拉黑了他的所有联系方式。

安子每天早早地去上课，空闲了就做兼职，从未停歇过，我和舍友们都很担心，怕她累坏自己。

在一个深夜，安子笑着和我们说，她很好，她是真的放下了。以前一直离不开陈大武是因为舍不得那些美好的回忆，因为那些回忆，她选择一次又一次地包容他，总以为有一天他会懂得珍惜，只是等到那些美好的回忆耗尽，她才知道，他终不是良人。

而她再也不想陪着他折腾了。

在爱情的世界里，总有一些姑娘贪恋着泥沼里的温暖，抱着过往的回忆迟迟不肯离去。

然而你要知道你要的幸福、回头并不会到来，只会一点一点消耗你的感情，甚至于你对爱情的期待和希望。

所以，千万不要等到千帆过尽，等到美好的回忆耗尽，你才肯拔足。

因为不爱你的人就是不爱你，他不会在乎你会不会难过，会不会哭泣，他只在乎自己以及他想在乎的人。

所以，对于那个要离去的人，大胆放手吧，尽管会难过会疼会痛会舍不得。可是，你不能陷在泥沼里消耗自己。

因为只有你好了，你才能遇到对你好的人。

和这样的男人在一起，你永远不会幸福

你要知道，我们只有这一生，我们应该要不怕爱错人

1

同学聚会时，听同学说她的一个朋友结婚了，这个朋友和我们的年纪差不多，都是二十来岁，她家里的条件挺富裕的，和她的老公算是门当户对。

然而她的生活并不幸福，她结婚一年多了，可和老公面对面交谈的次数却寥寥无几。当然她试图去改变，**但当另一方铁了心要冷漠的时候，她也束手无策。**

据同学说，朋友主动对她的老公嘘寒问暖，为了得到他的回应，靠在他身上撒娇，可他的老公却不理，甚至没给她好脸色，咆哮道，滚开。

同学的朋友可以说是生活在水深火热之中。不仅老公对她不好，她的婆婆也对她很不好，总是对她横眉竖眼，甚至连她的问话也不愿意回答。她在那个家，唯一可以对话的就是她的侄子，一个五岁的小男孩。

我听完同学的讲述，为这个朋友感到一阵痛惜和同情，但也怒其不争。既然她的老公和公婆都不喜欢她，甚至可以说讨厌她，而她的年纪也还不大，为什么不选择离婚？为什么不及时止损？为什么不

早日拔出泥潭?

我知道她肯定是有她的顾虑和担心，她害怕自己因此变得廉价了，害怕面对未知，害怕别人的流言蜚语……

可是姑娘，**比起这些，比起你的顾虑、你的害怕，你的幸福不应该更重要吗？**况且离开一个不爱你的男人本身就是一件勇敢且正确的事。

就算未来不可知，但你至少跨出了正确的一步，不至于把自己耗在没有希望的婚姻里！

我不知道同学的这位朋友最后做出了怎样的选择，**但我知道倘若她一直这么委曲求全、忍气吞声，是永远不会幸福的。**

2

而幸福的人儿，除了那些遇见了懂得疼爱自己的老公外，就是那些在自己婚姻不幸时能够及早抽身、及时止损的人。

表姐夫是伯母的姐姐的养子。这个养子从小就不让人省心，十五六岁的时候，他学过武术，但不知上进，沦为了混混。长大后好吃懒做，工作总是三天打鱼两天晒网。

表姐嫁给他后，他收敛了一阵子，但好景不长，他因为犯事吃了牢饭，一个月后被放了出来，可没过多久就又进去了。

表姐夫的大儿子都已经十三岁了，小儿子刚满四岁，可所有的费用都是表姐一个人挣来的。表姐一个人支撑着一家服装店，平常出去进货的时候，没有人帮忙照看店和儿子，她就只好关了店门，把小儿子带上。

可是开过店的人都知道进货是一件很奔波的事，四岁的小外甥走不了那么远的路，只能由表姐背着，进完货后表姐整个人憔悴了不少。

表姐是一个很传统的女人，她从未想过离婚，即便表姐夫让她失望了一次又一次，但她却依靠着自己，支撑起了整个家，养活了两个儿子。

只是这样坚强的她不免让人心疼，家人和其他姐妹曾劝说过她，要不就把婚离了，再找一人。

可表姐却苦笑着说，她年纪大了，太晚了。我知道她现在最大的寄托就是看着两个孩子长大成人，别的她已经顾不上了。

但是，现在表姐追寻幸福就晚了吗？我觉得一点都不晚，只要她想。然而表姐却紧抓着残败不堪的婚姻不放。

表姐35岁的年纪，却有着40岁的面容。我想这是因为她太过操劳以及婚姻不幸造成的。

女人这一生需要爱，只有在爱的滋润下，她才能活得精彩而又滋润。倘若没有了爱，她的人生将是不完整的。

所以，勇敢爱，勇敢转身都是我们要具备的。

3

隔壁的一对夫妻，男的很能干，一年能赚个百来万，女的很贤惠，没有工作，在家做家务带孩子。

凭良心讲，男人能够有现在这样的成绩，多亏了有这样一个好老婆，可以让他一心扑在事业上。

女人一直觉得自己很幸福，有一个能干并且还算老实的老公，膝下又有两个可爱的儿女，吃好穿暖，生活很是如意。

然而有些东西只是表象，有些人只是装老实。在女人怀孕的时候，男人偷偷在外面吃腥，一直沉浸在人生美满中的女人自然不知道！

直到她去医院做产检，医生告诉她，她感染了某种病菌，她这才知道，男人并没有看起来那么老实，他竟然在外面拈花惹草。

幸运的是，病菌对小孩影响不大，但女人自然咽不下这口气，她问男人，你怎么可以背叛我？

男人不但不知悔改，还口不择言道，我只是出去发泄一下，怎么了？钱我给你花了，房子也买给你住，你要求怎么那么多？

可要知道当初女人嫁给她的时候，他还只是一个穷小子，拿着一个月两千多的工资。要不是娶了一个贤惠的老婆，哪有现在的他呀！可男人这就忘了本，变了心！

女人是一个很刚强的人，在未嫁给男人之前，她上过班，创过业，所以她选择了离婚。她说一个男人出轨了，不但不认错，还觉得理所当然，这不仅是不负责任，更是人品有问题。

她觉得男人很脏，她一刻也无法忍受与他共处一室。

生完小孩后她就办了离婚，在家休息了两个月，她就去找工作了。

新的工作、新的环境，遇见了新的人。一年后经人介绍，她寻得了真爱。

她现在的老公虽然工资没有前夫高，却是真心实意对她好，从她的脸上就可以感觉到，她现在过得很幸福。

但若她委曲求全，那么会有现在的生活吗？我想是不会有的。所以，当那个人毫不犹豫地背叛了你们的爱情，那就让他麻利儿地滚吧。

4

可现实中，往往有很多女人在遭受了婚姻暴力（包括冷暴力）或者背叛后，都宁愿忍气吞声，委曲求全，不愿离婚重新追寻自己的人生。

可是女人呀，你要知道，我们只有这一生，我们应该不要怕爱错人，嫁错人。倘若不幸陷入泥潭，我们都要努力挣脱，不要连挣扎都放弃了，否则你只会不幸福。

你愿意你的一生就在糟糕的婚姻中度过吗？你甘心吗？你对得起自己吗？

那么，你为何不勇敢一次，和错的人、错的婚姻挥别，给自己一个希望。也许幸运、幸福就在不远处。可若你永远陷在泥潭里，怎么遇见对的人，遇见幸福呢？

第二章

不分手的恋爱要这样谈

以前我一直以为最浑蛋的是那种说好永远在一起，
半路却说不爱了的人。
现在我才知道最浑蛋的应该是
那些明明不爱了却不愿意当面告别，
而是采用冷暴力、
玩消失来消耗别人感情的人。

不分手的恋爱，要这样谈

沟通和改变是矛盾永远的宿敌。

1

有一天，我在车站遇见了这样的一幕。

男孩央求女孩："怎么了，你告诉我好不好？"

女孩却背过身，满脸的气愤。

"你说嘛，我哪里不好，我改。"男孩又祈求道。

这时，女孩突然转过身大声嚷道："怎么了，怎么了，你就会问怎么了，你自己不会想吗？"

那声音大得全车站的人都听到了。

男孩尴尬地望了望四周，许是为了挽回面子，也大声回道："不说就不说。"

女孩更加气愤，口不择言地说道："你要是想不出来，咱们就分手。"

男孩愣了一下，终究是什么都没说。

2

看着这对吵吵闹闹的情侣，我心里不禁爬上了一层忧虑。

曾经的我也如同这女孩一样，总是希望他能够猜透我的心思，懂得他自己做错什么，为什么做错，而不是由我说出口。

他要是不说我会生气，但他要是说了却说错了，我会更生气。到最后，我就会口不择言，说一些口是心非的话，伤透了他的心。

虽然那对我来说是气话，但于他而言就是一把把锋利的刀子往他心口上刺，让他流泪，让他痛。

渐渐的，他的耐心和情意被我耗尽，他觉得疲惫了，而我也觉得累，然后一条路两个岔口，我们就这样分了手。

3

有很多女孩都希望自己的另一半能够读懂自己。高兴了，知道自己为什么高兴，难过了知道自己为什么难过，总之，我所有的一切无需我说，你必须要懂。

其实，这样的心思很正常，因为他可是自己的另一半呀，没有谁比他和自己更亲密了。

所以，对他的要求会更高，更希望不用自己说，他就能懂得。

可是，亲爱的，他不是你肚子里的蛔虫，更不是神仙，他怎么会懂得你到底为什么生气，为什么难过。

所以有什么不愉快就说出来吧，不要让他猜了。这世上并没有那么多的心有灵犀，有的只是适时的沟通。

你把话藏在心里，什么都不说，都不透露，只是一味地让他去猜，去想，他怎么会知道是为什么。

而且换个角度想想，倘若是他不开心，他也不说，而是每次都让你去猜。那么你会不会累？会不会烦？我想一次两次还好，久了的话你也会又累又烦。

所以最好的办法是把问题搬到台面上来说，大家都不用猜，你不累，我也不烦，多好啊！

一段长久的关系，也必定是靠两个人共同经营，有问题了，你主动说，我也不藏着掖着，不必非要你猜出来才可以。

4

阿达和李菲是我们学院公认的模范情侣，似乎从未见过他俩吵架、闹矛盾。

他们在一起也有四年了，却总是一副和和睦睦、恩恩爱爱的样子，羡煞了我们几个旁人。

一次聚会上，我们共同的朋友阿亮问他俩，是怎么做到从不冷战，不提分手的。

阿达和李菲相视一笑，默契地说道，怎么可能没有吵过架，但分手却是不曾提过。

阿达说，李菲和一般的女生不一样。怎么个不一样呢？每次阿达惹李菲生气，她都不会一个人默默地生闷气，也不会就此大闹脾气。而是和阿达摆道理、讲事实，让他认识到自己的错误，鼓励他去改正。

有一个像李菲这么明事理又体贴的女朋友，阿达高兴都来不及，自然会乖乖认错，然后努力改正。

所以他俩顺理成章地成了我们院里公认的模范情侣。他们看起来像是从未吵过架，闹过矛盾似的，可事实并非如此。而这一切要归功于李菲懂得沟通，而不是像其他女生一样非要让他猜出来才可以。

5

有时候男生犯的不过是一些小错误罢了，但你却打死不说，非要一个人在那里生闷气。要是他猜不出来，或是猜错了，你就会更加气急。

可其实，一开始这只是一件小事啊，然后因为你不愿意说，非要让他去猜，猜不到就生气。于是，一件小事就被你上升了好几个高度，弄得彼此都很不开心。久而久之，双方都很累，然后感情也就摇摇欲坠。

所以呀，要想谈一场不分手的恋爱，除了要有爱外，还必须不要让对方觉得累。

咱有什么不开心、不喜欢、不乐意的，都摆在台面上讲，没必要紧捂在心窝里。

如果他爱你的话，他会愿意为你改变，愿意和你一起经营这段感情。所以你不要让他猜，因为你是想和他长长久久在一起呀。

因此，姑娘们，不要再让你的他猜了，小心你的“猜猜猜”会吓跑他。

愿你记住，**沟通和改变是矛盾永远的宿敌。**

请像个男人一样，礼貌地向她告别

不爱了就好好告别吧，不要让曾经深爱的那个人觉得过去的付出是一种讽刺。

1

昨晚我正欢乐地玩着斗地主，突然一条短信弹了出来，点开一看原来是林辛的。

林辛说："小欧，怎么办，我和陈俊约好了五点见面，可现在八点了他还不来，电话短信也不回，你说他是不是出事了？"

我考虑了一会儿，回道：他最近是不是总是不回你短信，不联系你？

林辛说："是呀，他最近都没有主动联系我，都是我找的他，有时打电话给他，他没接到也不记得给我回一个，净让我担心。"

我看着这条短信，在心里默默地叹了口气。都说旁观者清，当局者迷，果真不假。

明眼人一看就知道陈俊这是在冷处理他们的关系，而林辛却还傻傻地以为他是不记得了，还一心挂念着他的安危。

我又回道：你别等了，他应该是不会去了。

林辛说我再等等，万一他来了见不到我会生气的。

看到这，我就没有继续劝她，因为我知道劝了也没用，她要是不等到死心是不会罢休的。

2

十一点多时，林辛又发来消息。她说她发现陈俊总是给一个妹子留言，留的还都是暧昧不清的话。

她问陈俊怎么回事，陈俊却闪烁其词，然后一气之下她就提出了分手，可陈俊却毫不犹豫地答应了。

以前，他并不是这样的，他会紧张地解释、道歉，然而现在什么都变了。

对于这一切我并不震惊，从林辛发给我的第一条短信我就知道陈俊应该是不爱她了。

因为一个爱她的男人是不会一直让她苦等的，更不会让她联系不到人，也不会放任她在一边胡乱猜测。

很明显，陈俊就是想慢慢疏远林辛，然后逼她提出分手，这样“受伤”的就是他了。

以前我一直以为最浑蛋的是那种说好永远在一起，半路却说不爱了的人。现在我才知道最浑蛋的应该是那些**明明不爱了却不愿意当面告别，而是采用冷暴力、玩消失来消耗别人感情的人。**

不爱了，这句话真的有那么难说出口吗？我想对于那些明明辜负了别人却还要充当好人的人来说是难的。

而对于那些对待感情真诚、坦荡的人来说，明确地告诉对方自己的想法才是最负责任的。

3

我的高中同学城，他对待感情就极其认真。在他和静分手时，他主动约静出来见面并告知了对方分手的理由，而不是像陈俊那样，用冷漠、欺骗、消失来践踏林辛的心。

城说，**毕竟相爱一场，分开的时候能做的就是把彼此的伤害降到最**

低。他不想要在辜负了彼此的爱后，还要再度重创她的心，消耗她的感情。**他说好好地告别，是结束一段感情必不可少的环节。**

静在城提出分手后，虽然很伤心，但好在及时止损，而不是一直透支自己的感情和爱，所以过了一段时间，她就走出了失恋之伤。

而反观林辛，她一个人默默地守护着过往的那段情，等着那个永远不会来的人，她的身心都会受伤。

不爱了就好好告别吧，不要让曾经深爱的那个人觉得过去的付出是一种讽刺，是自己瞎了眼。

4

之前在网络上看到一段话。

> 亲爱的，如果哪天你厌倦我了，当面和我说我也能接受，虽然你走出我的世界我会很难过，也会检讨自己，但是我宁愿你选择有话直说。请不要一边说着喜欢我，一边欺骗我疏远我。就让我们冷静地说完再见，给彼此一个终结，至此，各走各路。

是的，这才是成年人最得体的告别方式。就算是没有了爱情，也不要用敷衍、欺骗做结尾。

你可以不爱我，可以半路退场，可你要亲口告诉我呀，不要让我一个人在心里猜测，不要让我看着你忽远忽近，不要让我总怀疑是不是自己做得不够好！

爱，就大声说出来，不爱也请你大声说出来，我会坦然接受你的任何决定，但我无法接受你的欺骗和冷暴力。

所以如果你不爱了，就请像个男人一样，礼貌地向她告别，不要自私地消耗她的感情，不要在她的心上再度插刀。

这既是对她的尊重，也是对你们曾经感情的尊重。

爱到妥协，该分了

千万不要让迁就，成为你爱情的毒药。

许多人都说，谈恋爱就要迁就对方，只有迁就感情才能长久。可是，我想说一味地迁就并不能使感情更牢固，反而埋下了一颗定时炸弹。

1

阿鹏和李欣在同一个公司上班。阿鹏曾经说过他不喜欢比自己优秀的女人，于是，李欣多次为他放弃了升职的机会。

可是阿鹏并没有因此更爱李欣，反而越来越疏远她。因为李欣的迁就是不情不愿的，一遇到什么不开心的事，李欣就会把这事拿出来说道。

她说我为了你放弃了这么多的升职机会，你怎么可以这么对我，你有没有良心。

一开始阿鹏会愧疚，会道歉。后来，李欣说的次数多了，他也不耐烦了。他说我没有逼你迁就我，你大可不必如此的。

李欣听阿鹏这么说，更加歇斯底里。于是，他们的爱情在争吵中渐渐死去。

分手后，李欣和我说，她很后悔当初自己总是用一副牺牲者的姿态对待阿鹏。其实，阿鹏也跟她说了，她不必迁就他。可李欣怕阿鹏因此不喜欢她，硬是一次又一次说服自己放弃升职。

可她并不快乐，看着身边小姐妹的收入越来越多，职位越来越高，她的心里越发不平衡，也越发觉得自己迁就阿鹏太多了。

于是，在每一次的争吵中她都不肯低头，都要做胜利的那一方，直至他们的关系土崩瓦解。

在这段爱情里，李欣以为只要自己迁就一下，不成为比阿鹏厉害的人就能守住爱情。**可是，事实不是这样的，她的迁就才是这段爱情夭折的催化剂。**

2

乐乐一直以来都是中性打扮，可毕业晚会那天她突然说要化妆，还要穿裙子。我和舍友都觉得很奇怪，经过我们的拷问她才说，她听别人说方杰喜欢那种长发飘飘、裙衣飞扬的女孩。

她为了他，宁愿抛弃最喜欢的牛仔 T 恤，成为方杰喜欢的模样。

然而，当方杰看到乐乐时明显一怔，显然他也不习惯乐乐的突然改变。

为了成全乐乐，我对方杰说，瞧，女人为了你穿成这样。

记得当时方杰沉默了两秒钟，然后正色道：乐乐穿裙子也好看呢，但是我喜欢裙衣飘飘的女孩那都是以前的事了，遇到乐乐，我就喜欢她干净爽朗的模样。

后来又听乐乐说，方杰在私底下告诉她，在他们的爱情里，她只要做自己就好了，不必迁就，因为他爱的就是原来的那个她。

我想爱情里最动听的情话大抵如此吧。**你不必为了我刻意改变，不必为了我抛去自我，我们都能快乐地享受爱情里的甜蜜。**

毕业后乐乐和方杰就订婚了，我想他们之所以能走到这一步，是因为彼此都能以最舒服的状态相处。

3

一个朋友说他在追求女生时，遇到过这样的情况：

每次约会吃饭，朋友询问女生想吃什么。女生总是温柔地说随你，可最后她却只是随意地吃了几口就不吃了。

朋友问我说女生是不是不喜欢他才那样，他问我还要不要继续追求下去。

按照女生的思维来说，她愿意和一个追求她的男生约会吃饭，倘若不是玩暧昧，占便宜，那么她肯定是喜欢他的。

而她总是把主动权交给男生，说明她是在迁就他，迁就他的喜好和口味。

后来朋友让我和这女生聊聊，女生说男生喜欢吃辣的，所以她就陪他吃，而她吃几口就不吃了那是因为她吃不了辣。

看来只是误会一场，并不是女生不喜欢朋友。误会解开之后，朋友和女生欢乐地在一起了。

倘若误会没有解开，朋友一直认为女生是不喜欢他的，那么他们会在一起吗？我想应该不会的。

有时候不恰当的迁就反而会弄巧成拙，成为爱情的毒药。所以妹子们，在爱情里我们不必过于迁就，不必为了迎合 ta 把自己的喜好和意愿全都抛却。

我们应当要有所坚守。

4

一段好的爱情，需要迁就。迁就 ta 的小脾气，迁就 ta 的小闹腾，这是理所应当。

但为了 ta，违背自己的内心，违背自己的追求，无视自己的喜好，那对 ta 来说不是爱，是负担，是困扰，更是加速爱情夭折的催化剂。

要知道过度的迁就只会让你不快乐，让 ta 倍感压力，从而将 ta 越推越远。

所以在爱情里，我们要遵从自己的内心，要有自己的追求。

千万不要让迁就成为我们爱情的毒药，唯有这样，我们才能走得更远，更长久。

给我点空间，我会爱你更长久

爱情里需要相对的自由和空间，这样才能将相爱的两人保持在绝佳的位置，而不是随着彼此的深入了解，互相生厌。

1

小野在这段感情里有点自卑，她怕，她怕大学里美女如云会把肖俊的心迷得七荤八素。

她怕肖俊对她渐行渐远，然后有一天突然对她说，小野，对不起，我们不合适。

可是，她忘了，爱一个人本来就要为她拒绝所有的诱惑。倘若他不爱，你就算抓得再紧、再结实也没有用，他还是会走，而且走得更快。

可当时的小野是情人眼里出西施，她总觉得肖俊特别帅，肯定会有女生向他靠近，再加上自己的自卑心理，小野就有点“作”了。

由于小野和肖俊不在同一个学校，所以每次彼此做什么的时候都会向对方报备。

肖俊所在的班级经常会有聚餐活动，不是班级聚餐，就是出去玩儿聚餐。这让本来就有点慌的小野，心里更加着急了。

每次肖俊和她说后，小野就突然变得异常冷淡，肖俊总觉得莫名其妙，但他也会耐心地问小野怎么了，为什么会突然这样。

可是，**大抵自卑的人都有一颗强烈的自尊心**，小野怎么可能告诉肖俊说，她是怕他太好了，怕他被别人抢走。

所以，小野假装说没什么，可是语气却又冷冰冰的。

这样的冷淡让人很不舒服，就像有一块石头堵在心头，难受。

所以，随着这种事发生的次数多了，肖俊愤怒了，他说，小野，你怎么这么奇怪，为什么每次我一说出去干吗，你就要生气？那是班级活动，你总不能让我一个人不参加吧？

小野自然也知道这样不好，**可是自卑和占有欲齐头并进，让她自己都控制不了。**

即便，肖俊闹过了，她依然还是那样。

也许肖俊是为了不惹不必要的麻烦，也许是烦了小野的忽冷忽热，所以他不再主动和小野说他去哪了，做了什么。

然而，饶是再小心翼翼，依旧也有说漏嘴的时候。小野当然忍受不了肖俊的故意隐瞒，她的不安感，让她百爪挠心，于是，她狠狠地闹了一顿。

肖俊也不买账，过了好几天，两人才重归于好。只是，关于“报备”这件事，依旧没有达成一致。

小野想了个办法，她加了肖俊同学的QQ，这样，当肖俊有所隐瞒时，她就知道了。

可是，**她不懂，当她把肖俊逼到角落再无退路的时候，就是他爆发的时候。**

肖俊有一次出去玩，小野从他同学的QQ里看到了。小野不说，想等着肖俊主动提起，可肖俊却绝口不提。等来等去，等到毫无耐心的时候，小野爆发了。

于是，一场战争就此展开。一个想要他主动告知行程，另一个为了避免惹她生气，绝口不提。

不知是谁先提了“分手”这个词，倔强的两人就此分道扬镳。

小野想，以后再也不用患得患失了，肖俊想，从此再也不用解释，自由自在。

两人都觉得这是解脱。可是，不久后两人就都后悔了，小野后悔自己太“作”，把肖俊逼走了。肖俊后悔自己不够耐心，不能给予小野足够的安全感。

可是，有些事做了就再也无法挽回，有些人错过了就再也不能回头。

过去的伤害、过去的坎，迈不过去就依然心有隔阂。

最终，小野和肖俊还是错过了。

2

小野把这段感情告诉我时，她问我说可惜么？

我说可惜呀，怎么不可惜。原本相爱的两个人，还未经受世俗和现实的考验，就这样败在自己手上，怎么不可惜？

这段感情败在很多因素上，小野的自卑、小野的紧追不舍以及肖俊的不耐烦，不够了解小野背后的动机……

所以，当一个女人不安地总是想要牢牢抓住男生时，作为男生的你，千万不要觉得不耐烦，也不要用欺骗、隐瞒来处事。

女生之所以会这样，大抵是因为缺乏安全感，因为太在乎，所以才会变成那个模样。

你们需要的是沟通和行动。女生要克服自己的自卑，努力提升自己，这样也就没有什么时间去管男生去了哪里，做了什么。

而男生也要把自己被牢牢抓着的感受告诉女生，然后做一些让女生觉得你在乎她、深爱她的举动来。

那么，我相信所有的矛盾都将破解。

3

《我想和你好好的》这是一部让人看了就心疼的电影。女主角的爱太深刻也太疯狂了，疯狂得让男主角害怕，疯狂得让他避之不及。

女主角和男主角有一个美好的邂逅，却终究没有一个圆满的结局。

女主角不喜欢男主角总是和他的那些狐朋狗友相聚，她喜欢他一下班就能回到他们的小窝。

可是，男主角说，那是他的朋友，不是狐朋狗友，和朋友聚在一起玩玩怎么了？

女主角喜欢男主角晚上搂着她睡，男主不搂，她就觉得他是不爱她了。

……

男主角也曾向女主角妥协过，当朋友打电话让他出去玩时，他拒绝了；

当女主角哭着问他是不是不爱她时，即使手臂酸麻，他也仍会紧紧地抱着她……

女主角有一个晋升的好机会，和男主角商量后，她决定去国外进修。

然而，身在异国的她更加没有安全感了，她时不时地打电话查男友的岗。

查他是否一下班就回家了，而不是出去鬼混，她问男主阳台上她指定的衣服的颜色，男主那时在外面和朋友玩乐，自然不知。

他支支吾吾地答不上来，一边冲回家，一边转移话题。后来，他就不再出去玩了，但是他不快乐。

女主角到底是不能放心，她抛下事业回国了。可是，**即便两个人靠得近了，但心却还是远离了。**

一次，男主打开电视，突然发现家里被安置了摄像头。他爆发了，他和女主角大吵一架，他受不了了。

他觉得自己的生活被她管得死死的，甚至自己的一言一行都被她监控着。女主说，她爱他，她太怕他背叛她了，所以她才会那样……

可是她的爱是不健康的，她让他喘不过气，她的爱太疯狂甚至有点扭曲……

男主终于提出了分手，他从他们一起恩爱的房子里逃走了。

女主就是太爱他了才会那样，所以她不同意，她四处找男主。

但是一个人有心躲起来，怕是谁都找不到。找了很久，女主也终是累了，她知道这一次她彻底失去他了。

可是，曾经的他们是那么相爱呀，却还是走到了这一步。追其原因，还是因为女主的爱太浓烈，浓烈到让男主窒息，呼吸不过来。

所以，爱需要空间，需要相对的自由。一味紧抓，只会让那个人逃离得更快。

4

有很多女孩，都有一个错误的恋爱观念，觉得谈了恋爱，自己的世界就只有爱情。于是，她抛弃了朋友，抛弃了自己的独处时间，甚至牺牲了自己的事业。

她觉得自己把一切都献出去了，他也理当如此。她要他一下班就回家，不许和朋友出去玩；她想要他的世界里都是自己；她想要他和她一起静守岁月。

倘若他做不到，他就是不爱她，就是不对她好。

于是，她作，他不耐烦；她紧抓，他远远地逃离。

最终，一段感情被折腾得伤痕累累，而两个人也疲惫不堪，没有了再爱的能力。

其实，男生的世界是不可能只有爱情的，他还要有他的友情，他的事业……

况且，最好的恋爱状态应当是，**我们相对自由又彼此相爱。**

你可以拥有你的朋友，你可以去做你想做的事，你可以去赴你想赴的约……

我不会阻挠你，因为我相信你，我知道你爱我……

爱，不能成为绑架一个人的借口；爱，更不应该是阻挠他活成自己想要的模样的障碍。

爱你的人自然有分寸，有考量；不爱你的人不管你怎么监督，怎么管教，他还是会有小动作。

那么不如，给他相对的自由，也相当于给自己自由，去做自己想做的事，去成为想要成为的人，不必过于纠结于他，你们才会爱得更自在。

你要知道，爱情里需要相对的自由和空间，这样才能将相爱的两人保持在绝佳的位置，而不是随着彼此的深入了解，互相生厌。

这样，你们的爱情才能隽永长久。

你不主动，我们怎么有故事

喜欢ta，那就主动呀，一起创造个故事呗。

你有没有遇见过一个让你很心动的ta，却因为自己的不主动生生地错过了。

然后每到午夜梦回、辗转难眠之时又偷偷把ta想念。

甚至在心里无比地恨自己，为什么不主动，为什么不勇敢？

可是到那时，再多的悔、再多的恨也无济于事。

于是，你告诉自己以后一定要学着勇敢一点，主动一点。

毕竟人的一生是那么短暂，能遇到一个让自己心动的人又是那么难得，不把握住，后悔总是难免的！

1

我曾遇见一个令我心动的他。他的气质、身高、谈吐，所有的所有都符合我心里的期待。

我在心里偷偷地欢喜，我默默注视着他的一切，我愿意为他变成更好的自己，我甚至在心里勾勒着我们美好的未来。

然而，我就是没有勇气主动找他讲话，更别说获取他的联系方式。

我只敢偷偷地贪恋着他带给我的微妙情愫，我黯然享受着他独有的美好，我恐慌时间一点一点地流逝，我害怕这一见就成了永别。

我有那么多那么多的害怕，又有那么多那么多想要拥有的。

可是我就是没有勇气，就是不敢主动，最终我们还是消散在人海中。

然而时光飞逝，他却还是牢牢地系在我心上。即便他的音容笑貌我再也无法清晰地想起，但他带给我的独特而又微妙的感觉却让我久久无法忘怀。

每到午夜梦回或者失眠之时，我总是无比地悔恨，恨自己的懦弱，恨自己的不主动。

我总是设想倘若再给我一次机会，我一定会拿出勇气，主动去认识他，即便无法在一起，那也了无遗憾。

可是现在说什么都晚了，因为我的懦弱，我的不主动，我们还是错过了！

2

可是，这世上还有一种人，他们会为了爱变得勇敢，变得主动，变得敢于追求。

我的同学小玲就是这样的人，她和麟哥之所以能够在一起，就是因为她的勇敢追求。

小玲和麟哥是同一专业的，据说大学的第一节课，小玲就主动向麟哥要了联系方式。

下课之后她就加上了麟哥的QQ号，之后她总是找机会和麟哥聊天，或者帮麟哥带早餐。

而麟哥他是一个有着180身高和帅气面孔的男神。他的性格温和，是众多女生心目中的理想男友。

然而就是这样的“男神”却被其貌不扬的小玲“收割”了。

他们的这一段恋情一谈就是四年。

3

大四下学期，我和麟哥在同一个地方实习。

我问他实习结束后有什么打算？

他说，他要去当村官，然后再开一家服装店。

我说，那你有那么多的时间吗？

麟哥说，让小玲来当老板娘呀。

顿时，我打心里为小玲感到开心，毕竟麟哥爱她如斯。

我向来感动于这种把对象计划进未来的感情。毕竟，有很多校园恋情，在一毕业那年就被现实劈得四分五散。

而麟哥和小玲免于此难，怎能令人不感动，不感叹？

可若当初小玲如其他女生一样，只有“贼心”，没有“贼胆”，那么她会拥有那么好的麟哥吗？

我想不会的。

所以，遇见了那个心动的 ta，就勇敢出击吧，不要因为怯懦，因为所谓的矜持，白白错过了。

4

表姐是村里有名的美女，她不仅勤快而且脾气又好。

可奇怪的是和她相亲的人不少，但见了面又约她的人却少之又少。

直到遇见了表姐夫，表姐才知道了这一切的原因。原来表姐夫也像之前的人一样犹豫过要不要和表姐联系下去，怀疑自己是不是配不上表姐。

后来，喜欢战胜了矜持，战胜了犹豫，表姐夫鼓起勇气，主动和表姐联系，约她出来玩。

而相亲了很多次的表姐也渐渐烦了，便答应了表姐夫。几次下来，她发现表姐夫有很多和自己相似的地方，由此心生好感，直到现在结婚生子。

其实，表姐夫各方面的条件并不比之前的人好多少，可人家就是把表姐追到了。**说到底，不过是因为姐夫有勇气，他敢于追求，敢于主动。**

倘若他和之前的人一样怯懦，一样怕前顾后，估计在表姐身边的人就不是他了。

5

因此，当我们遇到心动的人时，要学着克服所有的胆怯和懦弱，主动勇敢地去认识 ta。

也许我们不能如小玲一样幸运，遇见一个把自己规划在他未来中的人。

但至少争取过，努力过，没有遗憾就可以了。

倘若我们足够幸运，也许我们的主动会造就我们一生的幸福，那么何乐而不为呢?

所以，亲爱的，我希望从这一刻开始，我们都能学着勇敢一点，主动一点。

因为只有这样我们才有机会和喜欢的 ta 发生故事呀！

想要爱得长久，这件事做得到吗?

你要用心去解决问题，而不是用生殖器官。

看电视剧的时候，经常会看到男女主角吵得不可开交，女主哭着闹着要离开，男主为了挽留她，就狠狠地抱住她，或者来一个深情款款的吻。

然后，所有的矛盾、所有的不快和误会似乎就消散在这个拥抱或者吻里。

于是，一切就又变得岁月静好，男主和女主也恩恩爱爱地在一起了。

以前还小的时候，不懂事，以为这就是爱的力量，这就是浪漫。

等到后来谈了恋爱才知道，**爱情不是童话，更不是电视剧，所有的情节和节奏都无法设定。**

有一次，和前任吵架，我一心想要解决问题，想要从他嘴里获取答案，可他就是不说。

等到我耐性全无要转身离去的时候，他突然拉住我。我还以为他要开口解释，可他不仅没有，甚至还用一副无辜的表情看着我。

我更是气炸，再次转身要走。可他竟然又拉住我，我挣扎，他就使劲地抱住我。

可这拥抱并没有令我消气，反而让我觉得他特别幼稚，**他以为他**

是在演电视剧吗？

问题可以靠一个拥抱解决？而不是摆在台面上讲清楚？

和好后我和他谈论这事。我说有矛盾的时候，咱们先把矛盾解决掉，不要用搂搂抱抱来代替，那并不能解决问题。

可男友嘴上答应，下次依然这样。他总是想要逃避问题，企图蒙混过关。

可是问题不解决，我的心里就像是被梗塞住了一样，怎能若无其事地继续恩爱？

后来，我又不厌其烦地说了几次。可男友依旧如此，所以最后我们就成了彼此的前任。

其实，情侣吵架，只要不是原则问题，想要和好的方式很简单，那就是把问题摆在台面上说，说清楚，说开了，结也就打开了。

可逃避似乎是男生的一贯作风。阿洁说，他的男朋友也是这样，每次一闹矛盾，他总是避而不谈。

阿洁原想等男友自己来认错，可他非但没有，还像个没事人一样，和她说一些无关紧要的事。

阿洁很气愤，于是，她不得不主动提起。然而，说着说着，男友却又转移话题。

总之他就是不主动认错，不主动提起，更别谈主动解决问题。

阿洁曾经和男友认真地谈了谈。她说，倘若他每次都要这样逃避问题，那么他们就别在一起好了。**因为，彼此对待问题的态度不一致，再怎么磨合也不合适。**

后来，阿洁的男友不仅会主动认错，而且还会买一些小礼物赔礼道歉，最最重要的是他会努力地改错。

现在他俩的感情稳定且和谐，**而这离不开他们形成的一种默契，那就是第一时间解决问题。**

大多数的女生都这样，一旦感情出现了矛盾就想要第一时间解决，而不是拖延或者无视。

这样的我们，只不过是希望感情能够走得久一点，远一点，在彼此的心里没有疙瘩，舒舒服服的，日后也不会突然爆发。

其实，谈恋爱有矛盾、有摩擦再正常不过。但大家对待矛盾的态度却千奇百怪，有的人一味逃避，有的人选择无视，有的人急切想要解决。

而一段感情是否能够长久，双方对待问题的态度很重要。

可可说以前男朋友惹她生气了，她让他把事情说清楚。可男朋友却不愿意，于是可可就气得要离家出走。

男友不让她走，还紧紧地抱着她，吻她的唇，剥她的衣服……

那是可可的初恋，对于男友熟练的手法，她显得稚嫩而又被动。最后，男友得逞了……

而可可也一时忘了矛盾。后来，可可说，每次一有矛盾，男朋友都想要用这招。

久而久之，可可终于懂得了那不过是男朋友逃避问题的惯用手法而已。

他并不是在安抚她，也不曾真正意识到自己的错。因为啪完之后，犯过的错他依旧在犯，不曾改过，更不曾考虑过她的感受。

终于，在他又一次想要蒙混过关时，可可狠狠地推开了他。

她知道，男友并不那么爱她，也不会为自己改变。不然，为什么每次他都选择逃避问题？

后来，可可终是和男友分手了。

是呀，逃避问题，无视问题，甚至企图用一个拥抱、一个吻或者啪啪啪来解决问题的感情又怎么会长久？！

矛盾，从来就是需要两个人面对面，冷静地去解决。把问题丢在一边，只会让问题越积越多，到最后彻底爆发，那时候想要挽回感情、挽回那颗心就难了。

因此，当矛盾、摩擦出现时，别逃避，别无视，**更不要一言不合就啪啪啪。那没有用，你要用你的心去解决问题，而不是用生殖器官。**

谈恋爱，永远别说这句话

谈恋爱，有一句话你永远别说。

1

前些天，我正优哉游哉地拿着手机漫天聊，突然艾可的电话就来了。

电话那头的她有点抓狂，有点歇斯底里。她说，她又和林浩吵架了。

之前，林浩的前女友找林浩诉“衷情”，林浩作死地安慰了她。后来，被艾可知道了，然后这妞就吃醋了。

她要林浩不许理前女友。林浩不肯，他说他只是安慰几句又没怎样。但艾可不肯退步，林浩无奈只好答应她不再理会。

从那以后林浩的前女友就再未找过他，艾可也一副和林浩岁月静好的样子。

然而晚上，艾可登林浩的QQ，突然发现林浩前女友又发来消息。

于是艾可立马找林浩问清楚，问他是不是还和前女友联系。

一开始，林浩还耐心地解释，说他没有，他也不知道前女友怎么会突然发消息。

可是鉴于之前让林浩不要和前女友联系，林浩的第一反应是拒绝，所以艾可就有点不相信他。她反复地向林浩求证，你是不是不说实话？

林浩不耐烦了，他撂下一句“你不信就算了”，然后消失了。

艾可满腹的疑虑和不安感也愈加强烈，她对林浩的态度很火大却也无可奈何。

2

其实，我特能理解艾可的感受，因为曾经的我也经历过这样的事。

记得和前任在一起时，除了第一个情人节是他主动约我，之后就再也没有。

第二年，我如所有渴望浪漫的女孩一样，矜持地等着前任来约我。可是，等来等去就是等不到他。

然后我就安慰自己，也许是他忘了。于是，我就主动打电话问他，要不要见面？

可他却说，家里有事出不去。

我虽然心有遗憾和失落，但也理解。

然而，到后来我才知道，那天他家里也并没有什么事，那不过是他随口扯的谎言罢了。

或许所有的女人都一样，当对一个人付出了真情，付出了爱，就很难再收回，除非彻底失望的那一天。

所以，尽管如此，我也没有提分手，我觉得过去的就让它过去吧。

然而，等到第三年的情人节，他却依然说有事不能见面。

因为被骗了一次，所以我不再轻信他，我问他是不是骗我？是不是不想和我见面才那么说？

他不耐烦了，他说你不相信，那我也没有办法。

那一刻我的心彻底凉了，我知道于他而言，我可有可无。

后来，我提出了分手，但他又不同意。可是，我已经不爱了，所以最终我们还是成了彼此的前任。

3

其实，谈恋爱难免会有矛盾，但有些事、有些误会能当下说清楚的就说清楚，不要用任性的话语推开了那个深爱你的人，否则等她心凉了也就什么都晚了。

林浩打电话让我叫艾可接电话，他说艾可手机关机两天了，都没有理他，他很着急也很害怕。

我隐隐觉得艾可这次真的失望了，不然这不是她的作风。她曾经对我说，她最讨厌吵架时，一方逃避着不把问题说清楚。然而，现在她却成了那样的人。

最后，我联系了艾可，我问她怎么想的，干吗不接林浩的电话。

艾可说，她累了。她不喜欢林浩每次都是丢下一句“你不信我也没办法”，然后逃之夭夭，留她一人在那里胡思乱想，焦躁不安。

于是，我懂得了，艾可这是对林浩心凉了。

之后，林浩又联系了我好几次，让我再给他和艾可创造机会，可我都拒绝了，因为我知道，有一方放手了，不管另一方再怎么追求、不舍，都只是徒劳。

4

有一句话是这么说的，见过你爱我的样子，才知道现在的你并不爱我。

刚谈恋爱的时候，他可不是这样的。

当你说不相信他的时候，他会夸张地举着三根手指对天发毒誓。

后来呀，他变了。

你说你不相信他了，他也只会说随便你，爱信就信，不信就算了。

他对你的呵护和紧张随着岁月的流逝而消逝。他越来越随意，越来越不顾及你的感受了。

可是曾经的你也是全心全意信着他的，你信他会呵护你，你信他不是故意做错事，你信他对你说的每一句话。

但后来，他打破了你的信任。于是，你就算再想相信，心里也仍有犹疑。不是你不想相信，而是心再也无法如此了。

是呀，信任就像一张纸，当把它揉皱了，就算再认真、再细致地抚平，伤痕也依然还在。

5

但他不懂，他就觉得这一次我说了实话，你就必须相信我。你不相信，就是你的不对，他也无可奈何。

他再也不愿意花一丝耐心、一点心思去修补横亘在你和他之间的缺口，可这缺口明明是他打破的呀。

于是，当你一遍又一遍不安地确认，换来的却只是他的“你不信，我也没办法”。

可我想说的是，你为什么不能拿出刚在一起时的气势，让我信呀，凭什么你打破了我对你的信任，还是一副随便你的态度。

可任你心有千军万马奔腾而过，他依然看不到你的歇斯底里，依然一副你爱怎样就怎样的模样。

但是，请你知道，茶放久了会凉，当你随意惯了，我也会失望。到那时候，你爱谁谁，老娘也不爱了。

当然，如果那时你也不爱，那分手皆大欢喜。倘若你还爱，那就等着哭吧。

所以，请你千万要记住，谈恋爱永远也不要说，“你不信，我也没办法”。

有些人，错过了就是一辈子

错过了就是错过，失去了就是失去，有些人你不及时追回，等她心凉了也就真的与你无关了。

他揉揉了太阳穴，昨晚一夜未眠，脑袋现在还是“突突”地疼。

茶几上一片狼藉，有泡面、饼干、脏衣服，还有空荡荡的啤酒罐。

窗外的狂风呼啸着，似是要卷走整个世界，大雨击打在窗户的玻璃上，他想玻璃会不会疼？

要是自己是玻璃的话一定会疼，**不然为什么现在单单看着，那个地方就隐隐作痛。**

他习惯性地翻出手机，点开相册，调出她和他的合照。

照片上的她神采飞扬，特别是那双像钻石般的眼睛，闪闪发亮，她甜蜜的笑容似乎能融化掉世间的一切。他目光温柔，宠溺地看着她，一只手紧紧地搂在她的腰间，宣示着主权。

他还清楚地记得这张照片摄于大四那年。那时，她温柔体贴，他忧郁深沉，他们是恋人的榜样，甚至时常会因为和谐的穿着而赢得同学的谈论和赞美。而他和她也会因为这种赞美保持一整天的好心情。

他想，那时的快乐多简单啊。

毕业前夕，他和她在校外租了一间房子，过起了同居的生活。“新婚”那晚，在他声声的“不要离开我”中，她由矜持变得热情。

每天，他们一起买菜做饭，一起坐在沙发上看黄金八点档，亲密地喂彼此吃水果，生活过得好不惬意。

毕业后，他决定去上海闯一闯，不愿意分隔两地的她决定与他一起闯荡。

那段时间，两人一天交流不到十句话，早上匆匆忙忙地出门，赶来赶去地面试，回到家里早已累坏，吃完饭洗完澡倒头就睡，连说一句话的力气都没有。

好在，可以拥着彼此入眠。

面试的屡屡失败让她很是受挫，她的脾气开始变得暴躁。他要是下班晚了，少不了她的一番盘问，他要是做了一件不称她心的事，她就借题发挥大发雷霆，弄得整个屋子硝烟味十足。

一开始他会耐心地哄着她，抱着她，一遍一遍地在她耳边诉说着他只爱她一个。后来他渐渐地不耐烦了，冷冷地撂下一句“你别闹了”便转身离去，留她独自一人哭泣。

然而，**他不知道的是，她之所以会这样是因为她爱他，她太爱他了，她没有安全感，她怕外面的世界太过美好，她怕他再也不属于她。**

他下班的时间越来越晚，她打出去的电话通常还没响起第二声就被他掐断。

往常热热闹闹的饭桌也变成孤零零的只有她一人。等到他回家时，饭菜早已凉透，她要帮他去热，他说他早已吃过。

日子就这样毫无温情地过着，她终于找到了工作。**但她的眼睛却逐渐黯淡，再也没有往日的星光，她变得不爱笑了，安安静静的像一潭死水，她越来越不快乐。**

如往常一样，他深夜十二点才到家，不同的是这次再也没有人开门迎接他，再也没有人问他吃过了吗？

他看到她留在桌上的纸条，**她说她回老家了，让他珍重。**

他看完纸条，揉成一团随手扔进了垃圾桶里。他倒在床上，只觉心上一片轻松，再也不用争吵了，再也不用对着她的冷脸了。

如此过了一周，他看着空荡荡的出租屋，看着饭桌上只有倒影陪着自己，心中不由生出一种叫作想念的东西。

他不禁失落，深夜再也没有人亮着灯等他回去，再也没有人问他饿不饿，冷不冷，再也没有人可以抱着来温暖自己的心窝了。

即便如此，他还是没有联系她，他想定是自己不习惯她的突然离去才会这样，只要过些时日就好了。

殊不知，有些人一旦错过就不在！

他依然忙碌，就算是周五也是最后一个离开公司。他试图用疲惫来麻痹自己，这样她就不会爬上自己的心头。

一个月又过去了，他的忙碌似乎颇有成效，他不再经常想起她。直到那个晚上，他拿着手机无聊地在大学群里聊天。

一个熟悉的名字赫然出现在他的眼前，**犹如一道雷，劈得他心神恍惚。**他难以置信地退出QQ，揉了揉眼睛，安慰自己：一定是自己看错了，要不就是同学恶作剧。

他定定地坐了许久，脑袋一片空白，心也抑制不住地慌乱。

过了许久，他终于鼓起勇气私聊了那个说她结婚了的同学，他小心翼翼地问：她真的要结婚了吗？

消息发出去后，他就立马退了QQ。他不敢看，他怕他承受不了。

原来这么多天的刻意遗忘，只不过是自我麻痹罢了。看到关于她的一切，还是忍不住悸动，忍不住想要了解。

他缓缓地拿起手机，照片上的她依然光彩照人，依然笑靥如花，一扫在出租屋时的失魂落魄和低迷黯然。

旁边站着她的他，他紧紧地搂着她的腰，幸福之情溢于言表。

多么般配的一对妙人啊，他不禁想道，只是心一阵一阵地抽痛。

他紧紧地握着手机，悔恨，不舍，难过……通通涌了上来。

来不及了，来不及了，她再也不是自己的了，这一次彻彻底底地失去她了。

他悲恸地耸动着双肩，想要把哽咽吞咽，可泪水终是涌了出来打湿了枕头。

好多次，好多次他忍不住要拨通那个熟记在心的号码，可最终还是无力地放下。

她都要结婚了，自己能做的就是远远地祝福她，不打扰。他颓然地把手机关机扔到手够不到的地方。他怕自己忍不住，他怕自己再次伤害她。

窗外的狂风依然在怒吼，树枝被压弯了腰，雨水狠狠地击打在玻璃窗上，发出“咚咚咚”的响声。

灰沉沉的天空像是压在他的头上，压抑，难受，绝望，充斥着他的心。

他突然就懂了，再多的不舍，再多的不甘，再多的悔恨，也于事无补。

错过了就是错过，失去了就是失去，有些人你不及时追回，等她心凉了也就真的与你无关了。

你最大的作，就是动不动提分手

被分手的感受，就像是溺了水一样，难以呼吸。

以前谈恋爱的时候，不懂事，总是特别作。

男朋友不接电话，生气了就提分手；男朋友没有马上回短信，继续提分手；男朋友哪件事做得不称我心意……

还是提分手……总之，我总是把分手挂在嘴边。

而我之所以这样肆无忌惮地提分手，是因为第一次提的时候，男朋友真的被我吓到了，他以为我是真的不要他。

于是，他声泪俱下地祈求我不要分，并解释了一大堆，保证了无数次。

从他紧张兮兮的表现中，我知道了，男朋友他是真的爱我，并把我放在心上。

所以得逞了的我，就知道这招对他有效。殊不知，在一次又一次地提分手后，男朋友对我的感情也是一次又一次锐减。

后来，我再以分手要挟男朋友，他再也不会打电话，发信息解释了，更不会主动请求和好。

而我也未曾意识到，他在一步步离我而去。在我最后一次提分手的时候，男朋友答应了。

我如平常一样，等着他的解释、他的短信，可是久久都等不到。彼时的我心里还是有一点紧张的，我怕他真的放弃我，可是内心却还在逞强。

直到，手机再也没有收到他的消息，我才慌了。我打电话给他，他不接，我发的信息也石沉大海，这一次，他是真的选择放弃我了。

乱了阵脚的我，终是体验到了这种被分手的感受。就像是溺了水一样难以呼吸，就像是有人在掏你的心窝那样，疼痛不已……

可曾经的我，却让男朋友受了一次又一次。终于，现在轮到我遭报应了。

尽管我向男友极力地道歉和挽回，但男友终是铁了心要分手。

而这也成了我最大的遗憾。

因为我不懂得珍惜，才把男友对我的爱一点一点消磨掉，直至一丝不剩。

这世上最大的遗憾就是本来相爱的两个人，却因为一个人的作，赶跑了另一个人。

所以，拥有的时候千万要珍惜，天大的矛盾，也不要动不动提分手，除非是原则性的问题。

不然，失去了你爱的那个人，你想一直走下去的那段感情，再后悔也没用。

当然，动不动提分手并不是女人的专利，同样的，男人也不要，否则，总有你后悔的一天。

曾经，在一个爱情节目里看过这样一个故事：男生和女生是同一个学校的，他们是在老乡会里认识彼此。

自然的，他们互留了联系方式。然后，男生就时不时地找女生聊天，逗她开心，约她出去吃饭。

而对于刚刚从高中挣脱出来的大学生来说，和异性交往是一件令人神往的事，所以女生就回应着，互撩着。

男生等到了时机成熟之后，就向女生表白，女生自然也就答应了。

爱情的开端本来就是甜蜜而又缠绵的，所以，他们俩一直相处得不错。

然而，等到激情褪去，等到一切归于平淡，矛盾也就展露出来。

男生太幼稚了，只要女生一不合他心意，他就提分手。

而女生因为爱他，所以在他说出这句话时，总是低声下气地求他不要分。

男生也总是等到高兴了，才勉为其难地答应。却不知，女生有一天真的会累。

类似的事发生多了，女生终于爆发了。那次，几个朋友聚在一起讨论六级的成绩。女生六级过了，男生没有过，女生好心和他说，应该要这样复习。

男生心生不满，他觉得女生让他很没面子，而且她有炫耀的嫌疑。

可是，女生的性格就是如此，大大咧咧的。况且，她是为了他好，才会和他讲。

然而，男生不理解，回到宿舍后男生又一次提了分手。女生很累也很烦，最终答应了。

然而，不出一星期，男生突然找女生和好，女生终是拒绝了。

于是，男生上了这个节目挽留女生。男生说，他并不是真的想分手，他只是想要气气她，况且每次他提分手，她都不会同意，还主动提和好，为什么这次不呢？

是呀，男生就是吃定女生了，所以不会考虑她的感受，作得要死，一次又一次伤了她的心，直到她的爱被消耗完了。

等到她转身离去时，他才开始害怕、后悔、挽留、祈求，可是那没有用。

她累了，伤了，不要了。

所以，谈恋爱不要作，不要动不动提分手，不然哭的那个人就是你。

其实，有时候男女生动不动提分手，并不是真的想分手。而是因为第一次提了尝到了甜头，就自以为抓住了 ta 的软肋和把柄。于是，一不开心，就提，看到 ta 妥协，就愈加得意，觉得自己高高在上。

可对于被提分手的那个人来说，你每提一次就是在 ta 的心口划上一刀，你每伤害 ta 一次，ta 的心就愈加麻木……

到最后，ta 会觉得你是没有心的，不然为什么你总是肆意伤害 ta，不曾考虑过 ta 的感受，你若爱，为什么忍心 ta 对你低声下气地祈求，怎么忍心 ta 伤心难过。

ta 会把这归于你不爱 ta，不然你不会这样。可是，你并不是不爱，你只是被 ta 宠坏了，你觉得 ta 会懂得，自己提分手并不是真的想分手，不然为什么每次你都会选择原谅。

可是，立场不同，你是施加伤害的那一方，而 ta 却是承受者。自然的，你们的所思所虑也不同。

你不能要求，ta 一边承受着你的伤害，还一边笃定地认为，你是爱 ta 的，你是不想和 ta 分手才提分手的。

那不现实。就算你是真的不想分手，但你说出那两个字就已经对 ta 造成了伤害。

所以，别动不动提分手，别让付出真心的人受伤害，别把最爱的人赶走。

那么，当 ta 总是动不动提分手时，你要怎么办？

一、如果是自己的错就及早认错，并认真改正。

二、别 ta 一提分手，你就天下大乱，低声下气地求 ta 不要分，因为这在 ta 看来是 ta 得逞了。而 ta 一旦尝到了甜头，就不会消停。

三、你们要坐下来好好沟通，告诉ta提分手对你的伤害有多大，相信真的爱你的人知晓之后，就不会如此无理取闹。

我希望，不管是男生还是女生，我们都不要太作，更不要动不动提分手。这样我们的爱情才会更长寿，更健康，更正能量。

祝宝宝们都能谈一段不分手的恋爱。

青春太匆匆，一晃我们就错过了

青春太匆匆，来不及开口，我们就散了。

他又被数学老师提问了，如往常一样他挺着腰，站得笔直，答案从他的嘴里徐徐溢出，他的思维依然那么缜密，他的方法依然那么独特。

不出所料，他又被老师夸了。他还是那个动作，头微微地一撇，脸上挂着灿烂的笑容，清晨的阳光照在他的脸上，那么迷人，那么灿烂。

他是数学老师最得意的门生，而她却是拉后腿的那个，她想他们就是两条永远不会相交的平行线吧。

他和班上的女生都很好，尤其是和班长。自习课上，他们时常会窝在一起讨论题目，头蹭着头，那么亲密。课间时，他们也会一起嬉笑打闹，爽朗开怀的笑声洒落在教室的每个角落。

班上的同学都在传他和班长的绯闻，他每次都是微微一笑，并不澄清，他该是乐在其中的吧。

他眉清目秀，班长美丽动人，而他们站在一起就像是一幅赏心悦目的画。她想，像她这么普通、这么平凡的人，大概永远也不会成为他的一路人吧。

有一次，老师点名让她和他一起去改语文试卷。

当听到自己的名字和他的名字连在一起时，她的心不由得激动起来，一股热烈的喜悦在心底慢慢荡开。

他走在前面，一路无话。改考卷的时候他也不曾说过一句话，和那个爱笑爱打闹的他相差甚远。

她想自己这么普通，他定是不屑与自己开口讲话。想到此，她的眉头不由得皱了起来。

她在心里暗暗地下定决心，等拍毕业照的时候自己一定要勇敢一回，和他单独照一张，算是给自己的青春画上一个不算圆满的句号。

然而等到了那天，她看着他穿梭在不同的女生身边，像个陀螺一样拍个不停，她又却步了。

她想还是算了吧，反正都沉默了三年，不差这一次。于是，她默默地转身走了。

她看着班级的集体照，照片上的他依然站得笔直，一双眼散发着自信的光芒。她数了数，她和他之间一共隔了 11 个人。

她苦涩地想，这距离有点远啊。但至少合照了一次，虽然是很多人的集体照。

他其实不算特别帅，但她就是不由自主地被他吸引。也许是因为他不管上课还是走路，背总是挺得笔直，又也许是因为他的眼睛里有一种让她羡慕的光，那是一种自信、真诚的光芒。

她默默地关注了他三年，却不曾为他勇敢过一次。

她的作文又一次被当作范文贴了出来。他想她该是看了多少书，该是多有文采才能写出这么好的文章来。

更让他惊讶的是，她似乎并不在意老师的夸奖，因为她是那么淡然自若，仿佛老师夸的那个人与她无关。

他想不通明明自己的语文成绩也不差，可为什么却永远在她之后。他想定是自己不够努力吧。于是他开始在深夜里把语文书翻了又翻，背了又背，结果却还是如此。

他曾想去请教她，可她似乎并不喜欢被人打扰，就连下课，她也是安静地坐在位置上，不吵不闹。最终他打消了这个念头。

她不大爱和班上的男生讲话，除了她的后桌。

他想她该是喜欢她的后桌吧，不然为什么她不和别的男生讲话，却独独和后桌讲。学习上的问题她也只请教她的后桌，通常一讨论就是一个小时。

她那么安静、不爱笑的一个人，却能被后桌逗得微微笑。

她该是真的喜欢她的后桌吧，他时常不由自主地这样想。

那一次听到自己的名字和她的名字连在一起，他的心里抑制不住地狂乐。虽然只是出自老师口中，虽然只是一瞬间的事，但他还是觉得自己和她有了某种联系。

那天，她走在他的身后，他很想转身与她讲话，但因为紧张，他迟迟不敢回头。到了办公室，他终于鼓起了勇气，但看到她紧皱的眉头，他的勇气顿时像泄了气的皮球一样瘪了下去。

他想算了吧，就这样和她静静地独处，也是极好的。于是，他认真地投入到改考卷中去。

三年了，她给他的感觉还是那么淡漠疏远。他看着她，很想冲上去与她说："同学，拍张照，留个纪念吧。"

但手心的汗和不规律的心跳在提醒着他，他有多紧张。

他告诉自己等和其他人拍完后，自己一定要冲上去和她拍一张。不管多紧张，不管她有多冷峻，自己也要冲上去。

终于拍完最后一张了，他向着她跑去。近了，近了，他看到她背过身，朝着相反的方向走去。

他奔跑的双腿不由停了下来，他懊恼地坐在操场上，苦涩地想：她定是不想与自己说话吧，不然为什么看到自己转身就走。

他一拿到毕业照就在照片上寻找着她的身影。照片上的她比现实中的她柔和多了，看上去并不是那么不易接近。

可是呀，三年过去了，自己却未曾和她讲过一句话，以后怕是更不可能了。他无奈而又伤感地想。

他看着照片，嘴角微扬，回忆着她的一颦一笑，一举一动。

后来，他在日记本里写下了这样一段话，他说，有多少人默默地喜欢着一个人，却不敢告诉 ta；有多少人，青春里曾藏着一个时刻关注着的人，你可以和别人谈笑风生，但唯独对 ta 开不了口。

可是青春总是太匆匆，一晃我们就错过了。

你那么爱聊骚，就别出来谈恋爱

向来都觉得好的爱情应当是为对方拒绝掉所有的莺莺燕燕，花花草草。

因为我有了你，所以其他人都与我无关。

1

最讨厌一些以“我和 ta 只是朋友”为借口，行着不忠之事。

吴静的男朋友就是这样的人。每次吴静找他时，他总说自己很忙，没有空。到后来才知道，他不过是忙着陪别人而已。

那天吃饭的时候，吴静拿男朋友的手机玩，偶然间发现了他和小学妹暧昧的聊天记录。

小学妹说，在吗？

他说，在呀，你有没有想我？

……

总之，聊天记录里充斥着大写的暧昧。

吴静当即红了眼，她把手机还给了男友，饭都不吃就回了宿舍。

之后，她的男朋友解释说，她只是学妹而已，他们之间并没有什么关系。

没有关系？

没关系，你问小学妹想你没？没有关系，你不陪自己的女友，去陪小学妹？

我看他是巴不得和小学妹有关系吧。

吴静的男友和小学妹聊骚的这种行为纯属渣男作风。

按照渣男的思维就是，我只是和她随便聊聊而已，又没有发生什么实质性的行为，干吗管那么多。

反正他就是觉得他到处聊骚有理由。对于这种渣男，讲不通的就甩了吧。

这种丑陋的面目和思维，你对他再三忍让，只会将自己置身于泥沼之中。

而真正的爱情并不是这样的。

2

向来都觉得好的爱情应当是为对方拒绝掉所有的莺莺燕燕，花花草草。

因为我有了你，所以其他人都与我无关。

阿凯是我高中时认识的好哥们。他没有谈恋爱时，会和我们朋友几个闹成一团，总之我们就是无话不说的关系。

但有一段时间，他撂下一句他有女朋友了，就从我们的世界消失了。

难以想象，以往在群里闹得最欢的人谈个恋爱就变了样。

后来，我们才从另一个哥们那儿得知，原来他为了让女朋友安心，所以选择了“洁身自好”。

我们都说，他就是一个重色轻友的“妻管严”，但却打心里羡慕阿凯的女友能拥有一个这么体贴又自觉的男友。

其实，大多数恋情不能长久的原因就是因为出现了“第三者”。倘若不存在“第三者”，那所有的问题就将不再是问题。

当两个人的世界出现了第三个人，问题就复杂化了。对于对爱情有追求、有洁癖的人来说这是致命的，于是很多爱情最终走向了终点。

3

而我也是个有爱情洁癖的人。

当我的前任瞒着我和他所谓的“姐姐”聊一些“你很美”“你也很帅”的骚时，我就知道我和他的爱情结束了。

即便他知道错了，发誓以后再也不会了。那也没有用，信任就在那一刻被他毁了，而隔阂产生了就再也消不掉。

于是，他就成了我的前任。

我一直都觉得，谈恋爱和结婚一样，不能儿戏。要么你就不要谈，要么你就好好谈，玩弄他人的感情就是渣渣！

可有些人就是做不到，而且心比天大，总是一边拥有现任的好，一边自己到处惹暧昧，一点儿都不懂得“自我约束”。

讲真，对于此类“渣男”，最好的办法就是狠狠地甩掉他。你也别期望他会改，因为人品摆在那，这是打小就树立起来的，你要他改过自新，简直比登天都难。

我闺密的男朋友就是这样，天天在别人的空间里留一些暧昧的言语。后来，闺密发现了，和他大吵一架。

他诚恳地道了歉，然而不久后又如此，闺密最后只好忍痛和他分手。

分手后，闺密再也没有因为他气得跳脚，也不再变得歇斯底里……

而这一切都是因为她做出了一个明智而又勇敢的决定。

远离聊骚男，你才能有平静的生活。

4

听到很多聊骚男的言论，他说感情谈到最后，一点意思都没有，他寻找一些乐子又有什么错，况且只是动动嘴巴而已，又没有真的背叛。

可我想说，再有激情的恋情到了最后都会归于平淡。热恋期的悸动和新鲜感本来就会随着时光的流逝而消逝。

倘若你要的是持久的新鲜感和暧昧不清的朦胧，那你就别出来谈恋爱了，你就该一直单身。

可你既然选择了与别人牵手，那就负责一点，对那个爱你的人负责，对你们的感情负责，别吃着碗里的还要惦记着锅里的。

倘若做不到，那就送你一句话：

你既然那么爱聊骚，就别出来谈恋爱！

失去了，你才跟我说后悔？

总是到失去后，

才后悔，

才懂得该珍惜什么。

好友小红和谈了三年的男友扬分手了。和大多数情侣一样，在恋爱初期，扬对小红可谓是宠爱有加。**只要小红不经意地皱一下眉头，他就会紧张兮兮地问她怎么了，怎么了。**

然而过了热恋期，他们开始争吵，合好，再争吵，再合好。他们这种独有的相处模式，竟也走过了三个春秋。

事实是在第二年的时候他们的感情就出现了问题，扬开始不愿意去找小红，不愿意再带她出去玩，小红给他打电话他也总是匆匆挂断，她的短信他也不再每条必回。

那段时间小红很伤心，她挣扎过，痛下决心过，但就是无法做到说断就断，她无法接受和那个曾经对自己呵护有加的人，说再见就再见。

直到有一次小红看到了他和别的女生的聊天记录，她才死心。她说原来在他说忙的无数个夜里，他是忙着和别的女生嬉笑暧昧，忙着陪伴别的女生。

她知道她该说再见了。小红在短信里提出了分手，扬像是松了一口气，热恋期后从来不会秒回的他，那一次回得无比迅速。小红彻彻底底地死心了。

那段日子小红舔着伤口独自疗伤，慢慢地走出了这段失败感情的阴影。

然而在一个月后，小红收到了扬的短信，他说他还爱她，请求她再给他一次机会。

小红自然是拒绝了，好不容易才从感情失败的阴影里走出来，她又怎么会傻到再次跳进去呢。

可扬却不依不饶，依然缠着小红。**他声泪俱下地请求她和他和好，他找到她的工作单位，请求她再给他一次机会，他保证所有的不好他都会改，他给她发很多很多的信息。**

可小红还是没有松口。她说他现在给予的温暖、关心和陪伴，此刻都变得多余了，因为她已经不爱他了。

小红也曾视这段感情为珍宝，甚至想过为他生儿育女。然而所有的期许、所有的情意，都被他一点一点地消耗了。

扬的不珍惜，终是画上了他们爱情的句号。而如今小红已走了出来，他却想要找回他们的爱情。可是晚了呀，小红爱他的时候他不珍惜，不在意。等她转身了，他对她再好、再用心，对她来说也是多余的，因为她不爱他了。

或许人都是这样，总是在失去后才后悔，才懂得该珍惜什么。

初中的时候，我有一个好朋友，我们虽不是同桌，却总是在一起写作业，复习功课，上课传纸条，下课手牵手一起去上厕所，甚至晚上睡觉都要面对着面一起睡。

舍友甚至还调侃我俩说是不是同性恋，而我和她都没有争辩，只是对着彼此笑了笑。因为我们知道，我们只是很好很好的朋友罢了。

所以，对于别人的误解，我们一点都不在意。

现在想来，那是一段快乐而又单纯的日子，我们深厚的友情曾一度让人羡慕，然而我却亲手断送了这段友谊。

记得那是初一的第二学期，我们重新安排了座位，我和她不再是前后桌。

但每次她都会叫我一起去自习，一起去吃饭，一起去厕所。后来我慢慢地融入了别的群体，常常忙着和别人讲话、玩闹而忽略和冷落了她。

她的难过我其实是意识到的，只是没有在意，没有去挽回。最后她结交了新朋友，而我和她也渐行渐远。

直到彻底失去了她，我才感到后悔。我去挽回她，不管做什么事都像以前一样叫上她，分好吃的东西给她，可她都拒绝了。

我知道我彻底地失去了这段友谊。如果当初我懂得珍惜，如果我及时地挽回，如果……可这世上没有如果，我必须承受自己的行为所带来的后果。

而这一段友谊也成了我青春里最大的遗憾。因为我曾弄丢了一段最质朴、最纯真的友谊。

我一直都觉得，这世上最大的遗憾莫过于曾有一个人、一段情，好好地摆在你面前，可你却不懂得珍惜。等你知道珍惜了，ta 却不在了。

而那时你再痛彻心扉，再懊悔不已都于事无补了。因为 ta 不爱了就是不爱了，不需要了就是不需要了，ta 已经在心底里和你划清界限了。

所以你再挣扎，再挽留，都只是徒劳。

如若你身边的那个人还在，那么请好好待 ta，不管是友情也好，爱情也罢，都请你好好地保管 ta 的心。

因为心受伤了会痛，会碎，会绝望。愿我们都能在拥有时珍惜，失去后也不后悔。

你这么不会说话，我们还是分手吧

在爱情里，会不会说话很重要。会说话，可以瞬间拉近两个人的距离；不会说话，心冷也就在一瞬间。

朋友桃子向我哭诉说，她坐车的时候不小心把鞋子落在车上了。那两双鞋子还很新，她才穿过一两次。

桃子是一个非常节俭的人，而且对自己的东西莫名有一种非常强烈的归属感。就算是一个用了很久的老旧尺子弄丢了，她也要用心地把它找回来。

所以当她下车后发现自己的鞋子忘记拿了就非常慌乱。在她六神无主之时，她突然想起了自己的男友。于是，她拨通电话，问男友该怎么办。

不成想，男友只是淡淡地问了句还记得车牌号吗？桃子说没有，男友就说那他也没有办法。

倘若事情到这里，那桃子大概也只是对男友略微有点失望罢了。

然而这还没完，男友在电话那头不可思议地说：你也真是的，坐个车也能把鞋丢了……

桃子本来丢了鞋子就不开心，原想男友能帮她想办法或者安慰安慰她。可男友非但没有，还来了个神补刀，这让桃子的心不禁如冷风过境。

是呀，当我们把自己遭遇的不开心的事告诉了亲爱的他时，除了求助就

是想要得到他的安慰，让自己不至于那么难受。

可有些人就是不懂，不懂倒也罢了，可他却还要横加指责，雪上加霜。这样的事次数多了，妹子的心是会冷的。

所以男生们，长点心，好好提高自己的情商。

当然，也不是所有的男生都这样。有些男生是直接无视女友的哭诉，好像刚才她是对着空气说话，而不是和他说一样。

这样的男生就不仅仅是情商低那么简单，而是打心里不信任你们之间的关系，于是，他就不表态，无视你的哭诉。

荔枝说，有一次她向男朋友求助，她说她把一笔钱借给了同学创业，钱不多但也不少，刚好 1000 元。

对于刚毕业的荔枝来说，这是她两个月的生活费。可同学说好了这个月还，最后却一拖再拖。

所以，荔枝就向男朋友诉苦，希望他能够支支招，再不济也给她打个“镇定剂”。

然而，荔枝等来的却是男友的一阵沉默以及硬生生的转移话题。荔枝很无语，她就直接打断男友的话，问他有没有听自己讲话，为什么都不回答。

男友说，有呀，有听呀。荔枝说，那怎么不回答我的问题？男友又装傻问，回答什么？荔枝只好耐着性子又说了一遍。

男友这才说，这他不好说呀。荔枝心里的火噌地一下冒了出来。

什么叫不好说，我是叫你怎样了吗？况且，这样无视别人的话，不知道很没有礼貌吗？还什么情侣。

讲真，要是我，我也会气爆，因为这已经不是会不会讲话的问题了，而是尊不尊重人的问题。

要知道，人家姑娘愿意把这种私密的事告诉你，说明她信任你，她希望你能分担一下她的担忧。

你就算假意安慰几下也好呀，无视和转移话题，这种事真的很让人心寒。

好好讲话，真的太重要了，说得好，可以使两颗原本就靠近的心更加贴近，说得不好甚至不说，只会让彼此心生隔阂，甚至是埋下感情隐患。

有多少面和心不和的夫妻就是因为没有好好说话导致情感破裂的。

比如，女的在外受了委屈，回家向老公哭诉，期望能够得到他的安慰。可她老公非但没有，还说，为什么是你受欺负，而不是别人？这说明问题出在你身上。

又比如，女生说自己努力了很久的事还是失败了。男生说，没关系，那件事对你来说本来就太难了……

诸如此类，真的太多太多了。

有多少感情始于相互吸引，就有多少感情败在不会说话。

有很多男生不是不懂女生需要什么，而是吝于给予。

我需要的是一句安慰，他给的却是责备；我需要的是一副镇定剂，他给的却是无视；我需要的是一句关心，他给出的却是批判。

于是，你们的感情也就在这毫无温度的一来一往中逐渐消磨，直至消失殆尽。

而那时，心冷了，感情也就不在了。

笑笑的男朋友就深谙如何说话。在笑笑哭诉被同学欺负之后，他毫不犹豫地站在了笑笑这边，陪着笑笑说同学的不是。等到笑笑发泄完毕之后，他帮她梳理清楚到底是谁对谁错，而笑笑不仅把气发了，话也听得进去。

又比如笑笑不小心把钱包弄丢了蹲在街头慌乱不知所措时，男友立马赶过去安慰她，帮她挂失银行卡，之后又买了个新钱包给她。等笑笑缓过来，又教她遇到这种情况要如何应对。

我和朋友都说笑笑是捡到宝了，才有一个这么好的男友。

是呀，这种懂得在女生需要时，说一些合时宜的话的男生其实是很善解人意的。

这不，笑笑正计划着择个吉日和男友结婚呢。

所以说，在爱情里，会不会说话真的很重要。有人因为不会说话，毁爱情，毁婚姻；有人因为会说话，瞬间拉近两个人的距离，使得原本相爱的人更恩爱。

去你的“算了吧”，有种抱紧我

我希望当我们有矛盾、有冲突的时候，你的第一反应不是放弃，而是紧紧地抱着我。

“我们不合适，还是算了吧。”依依的手机里赫然躺着这样一条短信。

“昨天还见你们好好的，今天怎么就突然发这样一条短信？”我不解地问依依。

这不问还好，一问依依的眼眶霎时红了。

我一把搂住依依的肩膀，让她靠在我的肩上，我知道此时我说什么都没用，我能给她的就是作为一个朋友无声的安慰。

大概过了半个小时，依依这才慢慢道来，她说其实这不是阿斌第一次这么说了，早在很久之前他就说过这样的话。

原因是依依不喜欢他三更半夜的，还总是陪一个女生聊天，虽然聊天内容不暧昧，但频繁的行为让依依很不安。

于是，依依就和他闹，可阿斌非但没有收敛半分，反而发短信说，他觉得他们不合适，不如算了好。

依依想要的当然不是分手，她之所以会吃醋、会不安是因为她爱他呀！她希望他喜欢的人只有她一人罢了，所以依依不肯答应分手，她跟阿斌解释说自己是因为爱他，才会吃醋，是因为在乎，才会有所要求。

而阿斌看依依这么苦心地解释和挽留，便也答应了以后不再经常找女生聊天。

阿斌和依依相安无事地度过了几个月。然而好景不长，有一天，他俩出去玩，依依无意中发现了阿斌的一张聊天记录的截图。

截图上是一个女生发来的消息，她说，哥哥我请你吃饭呗！而截图上的时间是后半夜。

依依依稀记得那天她找阿斌聊天，阿斌说他在加班，没空。可他却有时间和别的女生相聊甚欢，依依的一颗心瞬间冷了下来。

她找阿斌问清楚，可阿斌依然只回了一句，他说，我说过了我们不合适，还是算了吧！

依依收到这条短信，心如死灰，她说他怎么就不明白呢，她要的不是算了吧，而是他给的安心，可他为什么说的永远是分手！

我说他不是不明白，他是不爱你，所以不怕你受伤，不愿意面对问题，解决问题，而是用一句“算了吧，我们不合适”来打发你。

我知道说这些话对于当时的依依来说无疑是雪上加霜。但我不希望她还像当初那样，去乞求阿斌不要分手，到头来得到的依然只是他的欺骗和不珍惜。

我希望依依的转身能够有尊严一点。而依依大概也看清了事实，即便还爱着阿斌，即便还很想联系他，但她最终还是忍了下来。

我相信依依的选择是对的，因为阿斌不值得她托付。

爱情里，有很多男生总喜欢把“算了吧，我们不合适”这句话挂在嘴边。

比如女生因为男生做错事或者不做她要求的事而和男生闹，男生就会说这样的一句话。

殊不知这句话的杀伤力有多大！这是在一次又一次地否定你们之间的感情，也是在一次又一次地给她不好的暗示，久而久之，你们的感情必出问题。

而有的男生，当女生指出他的不足时，他总是习惯性地逃避问题，用一句“算了吧”来吓唬她。

或许，女生听到这句话时，会选择妥协，可是久而久之，心是会凉的，情也会尽。

而男生说出这句话或许是真的不爱了，也许是还爱，但不想面对。

可是一味地逃避、一味地用分手来威胁是解决不了问题的。相反，只会将她越推越远，直至有一天失去她，到那时，你就算是后悔也来不及。

经常听说这样的事，女生到了适婚年龄向男生提出结婚的想法，这时男生就会变得闪烁其词，一会儿说还没到年纪，一会儿又说还没准备好，女生要是多说两次，他就会找借口，用“我们不合适，还是算了吧”这句话来搪塞女生。白白让人家等了又等，一颗心煎熬了又煎熬。

这样的男生只会让人嗤之以鼻，“不合适算了吧”，这句话早在恋爱那会儿你怎么不说呢？

等人家付出了感情，付出了青春年华，却又不愿意对人家负责，用轻描淡写的一句“算了吧”，就把所有的一切一笔带过，当人家女孩是什么呢！

所以，爱就好好爱，有了矛盾，有了冲突，坐下来面对面冷静地沟通，积极地解决问题，互相体谅，不要用“算了吧”这句话来考验彼此的底线。

倘若不爱，那就好好地向 ta 告别，不要用锋利的刀子刺向那颗深爱着你的心，更不要让人家白白浪费了青春。

每一个人的青春都很宝贵，每一个人的感情都不该被辜负。**所以我希望在这场爱情里，当我们有矛盾，有冲突的时候，你的第一反应不是放弃，而是紧紧地抱着我。**

如果你要束缚我，那分手好了

总有些人拿着要“自由”的借口，行着不负责任、不忠之事。

1

临近毕业时，阿馨的男朋友却依然待在宿舍里打游戏，整个人显得不慌不忙、不急不躁。

阿馨原以为他自有打算，也就没有多说什么，然而等到毕业的前一个星期，男朋友却依旧黏在电脑前。

阿馨有点无奈，好声好气地问他对未来有什么打算。

然而，阿馨的男朋友却一副不耐烦的样子，他说，急什么，这不还要一个星期才毕业嘛。

可当时身边的同学要么已经找到工作，要么是在找工作的路上，哪有像他一样眼里只有游戏。

看男友这个样子，阿馨也不想给他太大的压力，于是，她就不再说什么。她觉得，等到毕业了，男朋友迫于压力，肯定会主动去找的。

然而令她难过的是，男朋友在外租了个房子，草草地弄了个简历，海投出去后又继续打游戏。

一个礼拜过去，半个月过去，男朋友除了出去吃饭，剩下的大部分时间都是坐在电脑前。

阿馨实在看不过去，她生气地抢了他的鼠标，问他要堕落到什么时候。

男友看到游戏里的角色被杀死，粗鲁地抢回鼠标，大声嚷道：“我不是投简历出去了吗，我放松放松还不行？”

阿馨气爆了，她说，这大学四年你还没放松够吗？你到底有没有想过我们的未来？

男友扔下鼠标，撂下一句“你要是这么爱束缚我，那分手好了”，然后摔门而出。

阿馨看着破裂的鼠标，掩面哭泣。后来，阿馨和我说，她是真的很爱很爱他，所以才一次又一次地给他机会，让他振作起来。她并不是要束缚他玩游戏，只是希望他能够在正确的时间做正确的事。

可是，他却一点都不懂阿馨的心思，只知道玩乐，还说了那么令人伤心的话。

一个月后，阿馨的男朋友终于找到了工作。可他却一点都不上心，每天下班回来也依然黏在电脑前玩游戏。

阿馨知道，现在不管她说什么，他都不愿意改变，他的眼里只有他的游戏。

最后实在受不了，阿馨就提出了分手，她说既然他想要自由，那么她成全他。

其实，阿馨的心情我特能理解，若不是失望透了，她不会做出这样的选择。

2

我的前任是一个比较活泼外向的人，和他玩得好的女生有很多。

刚开始谈恋爱的时候，他还懂得与她们保持距离，不会主动找她们闲聊。

但随着时间的流逝，新鲜感逐渐减少，感情趋于平淡，他就不爱找我聊了。

每次聊天的时候，他也总是找借口说有事要忙。但只要他说得不离谱，我也不会去计较什么。

然而，有一次约会的时候，我看到了他和别的女生的聊天记录。字里行间有着暧昧，有着些许挑逗。

再看看日期，正是他说有事要忙的那个晚上。原来，他所谓的有事忙，是忙着和别人聊天，和别人暧昧。

我看到了，自然怒不可遏。我问他怎么回事，他却毫不在意地说，没什么呀，就随便聊聊。

我又问他，你不是说有事吗？他说，后来没事啊，聊天都不行，这么爱束缚人，就别在一起好了。

大抵爱得比较多的人都比较卑微。我爱他，所以把这一切都忍了，自己慢慢消化，最后假装没发生过。

只是后来，我才懂得，不爱你的就是不爱你，倘若爱你他就不会觉得那是束缚，相反他会为此高兴，因为他爱的人吃醋了。

前任不爱我，所以他可以轻而易举地用一句冰冷的、带有威胁意味的话来应付我。

好在最后我终于明白，和这样的人在一起不会幸福，于是，果断地和他分手了。

3

曾经听过这样一句话：有对象的时候渴望自由，自由的时候又向往爱情。

是呀，人就是这么奇怪，总是在一个阶段羡慕另一个阶段。

但其实，不论做出哪个选择都要有所割舍。选择了爱情，你就要接受麻烦；选择了自由，你就要接受孤独。

爱情引人陶醉，令人入迷，但最终都要归于平淡。

选择了爱情你就要经得住平淡，忍受得了琐碎。

然而，有些人却说爱情最终会成为坟墓，没有了自由，没有了随心所欲。

可是，我想说，你要的根本就不是“自由”，而是新鲜感，又或者说是不负责任的玩乐。

4

在村里，有一对夫妻，男的是酒鬼，每次一喝酒总是烂醉如泥。

可他家里有两个嗷嗷待哺的闺女，大的不过6岁，小的也才1岁。

迫于生计，女的不得不找工作上班，可男的却总是不思上进，每天都沉醉在酒里。

有一天，女的彻底爆发了，她把他所有的酒倒了。男的也火了，他说，什么时候轮到一个臭婆娘管他了，要是忍受不了，离婚好了。

那晚，女的嚎啕大哭，说自己命苦，说孩子没有投好胎。

即使如此，男的依旧没有收敛半分，依旧喝酒。

女方看不到他的改变，看不到生活的希望，咬咬牙就离婚了。

自己带着两个孩子生活，虽然日子清贫，但她的脸上再也不是布满愁苦，而是有着祥和的微笑。

5

总有很多男人喜欢把“自由、空间”挂在嘴边。

他觉得女人催他上进就是束缚她；觉得女人不让他聊骚，就是剥夺了他的自由；觉得不让他喝酒，就是控制欲强。

但其实，我想说，倘若你做得到对自己负责，对感情负责，对爱你的人负责，并且能与异性保持恰当的距离，不逾越、不撒谎。

那么，不用你要求，所有的女人都会给予你空间和自由。

没有人总喜欢在另一个人的耳边，唠叨一些他本该做到的事；也没有人愿意做一个让他怨怼的人。

所以，男人，别总把“如果你要束缚我，那就分手好了”这句话挂在嘴边。

要知道，她是爱你、在意你才会对你有所要求、有所期待。如若不然，管你是生是死，她都不会太在意。

要么全部，要么全不

倘若他无法给予你一份完整的爱，无法让自己只属于你，那么这样的感情不要也罢！

电影《我是女王》里的康蒂和托尼深深地爱着彼此。但托尼在乡下还有一个女友，女友在家照顾着他的双亲。

康蒂认为，托尼是爱她的，所以她不是第三者，不被爱着的乡下女孩才是。她渴求托尼能给予她全部的爱和陪伴。

可是，托尼太忙了，他既要打拼自己的事业，还要时不时地回去陪伴父母和女友，所以他能给康蒂的时间和陪伴有限。

康蒂的闺密曾劝康蒂不要再执迷不悟，托尼是不可能和她在一起的，她也不可能是托尼的唯一。

但康蒂听不进去，甚至因此还和闺密闹翻了。直到，托尼把他的父母和乡下女友带到了康蒂所在的那个城市。

康蒂爆发了，她和托尼闹，她让他马上把乡下女孩带离她所在的城市，她要他和乡下女友分手。

可是，这怎么可能，托尼的父母很喜欢和依赖乡下女孩，而托尼之所以能够在外打拼，甚至陪着康蒂，也是因为乡下女友的存在，况且出于内疚和道义，托尼也不能抛弃她。

托尼歇斯底里地对康蒂说，她要的一切，他给不起。然后夺门而出。那一刻，康蒂后悔了，她出去追他，不小心在楼道里摔倒。

在医院的时候，托尼去看过她，但康蒂的闺密让他放过康蒂，最后他只是在门口看了一眼就走了。

康蒂看到了，她哭得悲恸不已，但正是如此，**我们才知道，这一次她是真的打算放手了，她要把所有的深情和苦痛都咽下去。**

其实，内心深处康蒂一直渴望托尼的身心能够全部属于她，但因为爱，她选择了隐忍，选择把委屈吞咽。

但压抑久了，只要一个导火索就能燃起一切。托尼乡下女友到来后，她彻底崩溃爆发了。

好在，认清现实之后，她终于选择了放手。因为她知道，他不可能给她全部的爱，他的心也不可能完完全全属于她。

她放弃了，她不想再和一个人分享男友，更不想与她一起分享他的爱，**她要的是全部，而不是一份被一分为二的爱。**

想起之前追我的一个男孩，他每天都会找我聊天，每天都会和我说早晚安。

我生日的时候，他会给我送礼物；天气变冷时，他会提醒我加衣；在我难过时，会给我适时的安慰。

后来，他向我表白了，就在我考虑要不要答应他时。我才知道，原来他的温暖、他的好，并不是我独享的。

他还给了另一个女孩，**而这所有的温暖和体贴瞬间都变成了满满的套路。**

尽管之前我对他存有好感，但知道了他的真面目后，我知道这个人我不能要。

网络上有一句话是这么说的，如果你对我和对别人一样，那么我不要也罢。

这句话简直说出了我的心声。**倘若你的爱、你的好，不是我独有的，**

而是随随便便一个人都可以拥有，那么我不想要了。

我想要的是你的全部，你的唯一，而不是你的其中之一。如若不能，那么我们就没有在一起的必要了。

《不是每个故事都有结局》里有这样一个故事，董曼荷和于一在旅途中遇见了一个叫作李为的男人。

因为李为身上散发出的特别气质和热心的解救，让董曼荷沦陷了，她深深地爱上了这个男人。

她和他在巴塞罗那度过了疯狂的三天。然而，之后李为要去别的地方出差，而董曼荷也得回到她该回的地方。

但董曼荷还是问了一句不该问的话，她说，我们算是什么关系？

尽管她在心底有答案，但她还是冷不丁被李为的答案浇了一身冷水。他说，他不会谈恋爱，也不会只有她一个情人。

董曼荷即便绝望，仍不舍离他而去，她麻痹自己：他一定是受过伤，所以不敢爱。所以，她还是飞蛾扑火般地投入了他的怀抱。

但李为自始至终都不曾为她着想过，他总是控制着自己的心，从不逾越半分。他自私、自大，总是觉得自己没有错，错的都是董曼荷。

而董曼荷为了爱他，默默地忍受着一切，忍受着他的忽远忽近、若即若离甚至是找别的情人。

可终有一天她还是醒悟了，她问自己，从小自己就和别人分享父爱和母爱，那么如今，连唯一的爱也要和别人分享吗？

她不愿意，她不要，她要的是一个只属于自己的人，那份爱。所以，她爆发了，她主动和李为说了再见。

是呀，倘若他无法给予你一份完整的爱，无法让自己只属于你，那么这样的情不要也罢！

生活中类似的事，真的太多了。

比如，一个人同时和好几个人保持着亲密而又暧昧的联系；

比如花心男说，他爱你，但他也放不下前任；

又比如出轨男说，他对外面的情人只是玩玩而已，你才是他要一起过生活的对象。

……

总之，这样的借口和理由总是层出不穷。

而对于这种心大如宇宙、渣中之渣的人，你无须多说什么，直接让他麻利地滚就好。

要知道，爱情本来就是自私的，自私到我只想独自占有你，拥有你的一整颗心，而不是几个人一起共享；自私到我只想独拥你的爱，而不是被分割成好几份，每个人雨露均沾。

所以，你要么给我全部，要么全别给！

第三章

不好的爱情不要也罢

爱情不是全部，
我们没必要把自己搞得那么悲壮。
不平等的爱情只会为难别人，
折磨自己，何不放手，
给自己一个重生的机会！

听说，你谈的是“见不得光”的爱情

喜欢我，那就和我谈一场“光明磊落”的爱情!

咸菜最近很开心，她觉得相亲并没有别人说的那么不靠谱。因为在乡里人的介绍下，她终于觅得她的“如意郎君”。

她的“如意郎君”我见过，确实是一个和咸菜比较般配的人。男的俊，女的美，还和咸菜有共同的话题和价值观，别说有多得咸菜的心了。

我原以为，咸菜和他谈着谈着，一定能够终成眷属，成为彼此的归宿。

然而，才几天，咸菜就伤心地说掰了。一问才知道，原来这货分明是在“骑驴找马”。

那天，咸菜和她的“如意郎君”去市里玩，不巧碰见一个媒婆。媒婆热情高涨，问男生说，是不是不需要她介绍了，成了？

咸菜站在旁边红着脸等着被介绍。不料“如意郎君”说，不是呢，她只是他远房的表妹而已。

咸菜当即就愣住了，即便心里早已怒火中烧，却不得不忍住，只能在心里默默地骂，谁他妈的是你表妹。

等媒婆走了之后，咸菜问男生，怎么回事？

男生说，他有点不好意思，就口不择言乱说了个身份。

咸菜呵呵两声，就走了。也是，这理由、这借口破成这样，此时不走更待何时。

咸菜说，她难过的是原以为这次是真命天子，毕竟她们彼此这么聊得来。没想到，男生嘴上说处处看，背地里却在骑驴找马。

而像这样的男生就该一直单下去，永远不要找到对象才好。因为他找的不是对象，而是条件。

他自私自大，想找更好的，却又怕错过当前的。于是他就霸着别人，自己却又不忠诚。

对于这样的人，早摆脱早好，因为他不仅渣而且人品有问题。

再说说，我大学时遇见的一件事。

有一次，我和哥们一起去参加一个活动，然后哥们对一个女孩一见钟情了。

哥们不好意思去要她的联系方式，为了他的终身幸福，我只好豁出去要了女生的QQ号。回去之后，我就时不时地找女生聊天。

我问她说，你有对象吗？她说，你看我状态就知道了。之后，我就把她的留言板和说说动态扒了一遍，确实没有和别人秀恩爱的痕迹。

然后，我就把哥们介绍给她，之后我就功成身退留他俩培养感情。

哥们对女孩也是上心得很，给她寄小零食，送小礼物，她无聊时陪她聊天，她难过时安慰她。

就在哥们以为时机成熟该表白时，他收到了女孩的男朋友的警告。

哥们原以为是别人和他开玩笑或闹着玩，也就没太在意。再一次聊天时，他把这事告诉了女生。

女生不好意思地说，那个确实是她的男朋友，他不高兴了，以后就别找她聊了。

哥们这才知道自己被“骗了”。而我也知道，是我看走了眼。可是，谁又知道呢，她的空间和动态里从来就没有一个能让人“误会”是她男友的人。

假装一个“清白”的女孩，却不料有男朋友，只不过这男友藏得确实够深的啊。

真不懂有些人为什么明明已经有对象了，却还要营造出一种 ta 还是单身的状态来欺骗别人。

爱情不应该是身不由己、情不自禁的吗！遇见了一个自己所爱之人，不是应该激动地想要全天下人都知道吗？

即便没有如此夸张，那也不该含糊其词，让别人误以为单身，又或者默默地接受别人的好、别人的付出，却把别人蒙在鼓里。

既然你的爱情这么“见不得光”，那就别谈了。真的，耽误自己可以，但你千万不要耽误别人呀。你那么贪心，最后是会一无所有的。

当然，贪心这样的事不分男女。这是人的劣根性，每个人或多或少都会有。

不同的是，有些人懂得满足，当拥有了自己的挚爱，就只想把 ta 当唯一，别人再好，再诱惑也一概拒绝。

而有些人不满足，有了一不够 ta 还想要有二三四……当然，在某些领域贪心是对的，可在爱情里就不适合了。

你总是吃着碗里的，看着锅里的，迟早有一天会身败名裂。

雅琴的男朋友，他从来不在朋友圈里发有关他和雅琴的动态。这倒也无所谓，更可气的是，他从来没有想过把雅琴介绍给他的朋友认识，更别说带出去和他们玩。

雅琴当然也曾为此闹过，她问男朋友，为什么从来不带她去见朋友，也不曾发过关于她的动态。

男朋友只是冷冷地说，我们男生出去玩就你一个女的，你好意思吗？又或者说谈恋爱就得让全天下的人知道吗？能不能成熟点？

雅琴不但没有遂愿，反而被数落了一番。其实，雅琴也知道，男朋友肯定是不够爱她，所以才不愿意公布，不愿意带她见朋友。

可是知道是一个回事，看清又是另一回事。雅琴舍不得离开，也就假装不知道这个真相。

直到她看到别的妹子在男朋友留言板里喊他“哥哥”“亲爱的”，她才愿意承认这个事实。

他不愿意公开恋情，不愿意带她去见朋友，不过是因为他想让大家都误以为他是单身状态，**这样他不仅能拥有一棵树，又能拥有整片森林。**

贪心不足的人往往都会身败名裂。雅琴气不过，加了他QQ号上的女生，想不到她通过了，还问雅琴是谁。

雅琴一五一十地告诉了女生，女生一开始不信，后来求证了自己的很多朋友才知道原来雅琴才是正牌。

知道了男生的真面目，女生站在了雅琴这头，骂男生不仅恶心，而且渣。

而雅琴也死心了，她主动和男友提了分手。

我和雅琴说，你和那女生干得太漂亮了，这种渣男就该公之于世，不要让别的女生上当受骗才好。

我向来不能理解那些明明有了对象却还要“遮遮掩掩”的人。你说，你谈了对象，又不让人知道，干吗还要耽误人家？

人家是奔着和你好好在一起的心和你相处，你倒好，骑驴找马，找暧昧对象，这不是渣吗？

讲真，要么你就别谈，要么你就好好谈，别让人家一片深情和真心错付，那只会伤人害己罢了。

如果谈，我希望你能和她谈一段“光明磊落”的爱情，你们知道彼此的朋友，你们忠心地对待彼此。

你们是奔着未来而在一起。

这样的男人，能有多爱你？

你那么好，他配不上。

1

自从在公号上写文，经常会收到读者的来信。

其中有一个读者说，她的男朋友很自私，一点都不顾虑她的感受。

每次她来大姨妈了，他还要缠着她。她不愿意，男朋友就说，你不是怕怀孕吗？来大姨妈了就不用怕。

读者来大姨妈了本来就不舒服，对男友的亲近她自然选择抗拒。然而，男朋友非但不体谅，反而冷着一张脸表示不高兴。

之后，要是读者不联系他，他永远不会主动找她。

别的女孩子来大姨妈不舒服，男朋友都是哄着供着，而读者却恰恰相反，她还要去哄男友。

次数多了，读者也烦了，于是，她就问我该怎么办。

我说你还是趁早分手好了。一个男人自私到这种地步，你还要他干吗？

要知道，你爸妈把你养这么大，生得这么漂亮，可不是让你给人家白白糟蹋的。

你那所谓的男朋友为了一己私欲就给你摆脸色，让你难过，这样的男朋友要来何用？

他不顾你的感受，不顾你的健康，一心求欢，那哪里是男朋友，分明是欲兽罢了。

讲真，对于这样的对象，女孩子真的要痛定思痛，狠心把他甩了。

和这样的男人在一起是不会幸福的。**一个只会考虑自己，只想满足自己的人，哪懂得疼别人？而女人，又恰恰是这世界上最需要人疼爱的生物啊！**

2

大学同学郭子和她的男朋友在同一个城市的不同学校。

每到周末，郭子的男朋友就会来找她。一开始，郭子也是一脸欢喜地去赴约，每次回宿舍她的脸上还荡漾着一丝丝甜蜜的笑。

我和舍友时常调侃她说，果然，恋爱中的女人就是不一样。

而郭子也总是红着脸说，讨厌。可见，当时的她有多幸福。

可不久之后，郭子再也没有了往日的甜蜜笑容，取而代之的是紧皱的眉头。

作为她的闺密和同学，我自然关心她。于是，我问她怎么了。

郭子一脸苦恼地说，这几次见面，男友总是把她带到小树林，老是亲亲摸摸的。

一开始，她虽然不适应，但也极力说服自己这是正常的，毕竟二十几岁的年纪，亲亲摸摸也可以理解。

但随着次数多了，郭子就很反感。她觉得男友每次来找她好像就是为了这事，因为他很少和她谈论他自己的事，也很少主动了解郭子的事。

郭子自然很不乐意，她感觉男朋友一点都不爱她，她对他来说就是一个满足他私欲的工具。

郭子也曾试图和男友沟通，但男友嘴上答应得好好的，下一次又把她带到小树林。

直到一次郭子来大姨妈了，男友却还要动手动脚。郭子彻底火了，她撂下男友就自己回宿舍了。

然而，令人心寒的是，郭子的男友并没有去追她，甚至连一通电话和一条短信都没有。

郭子这才彻底明白，男友根本就不爱她，而是真的把她当作满足自己私欲的工具。

好在郭子认知这一点并不晚，好在她所谓的男友渣男的本质彻底暴露了。

郭子当然也伤心难过，原以为的爱情不过是一个笑话罢了。但伤心归伤心，她知道这样的渣男还是要远离的好。

可有很多女孩却做不到如郭子这般“洒脱”。有时候，她明明知道自己所托非人，明明知道他不值得，却依然要欺骗自己，麻痹自己，对自己说他会变好的。

然而，到最后，伤得最深，痛得最彻底的还是自己。

因此，对待渣男，我们就要像郭子一样，尽早发现，及早止损，让他滚出我们的世界。

3

我大四的时候，开了一个微店，加入了一些微商群。

众所周知，做微商的一般都是宝妈。一天，我在群里闲聊，看到一个宝妈诉苦，她说她又怀孕了，特别苦恼。

本来这没什么，却不料，她又说，她现在还在坐月子，等出了月子就得去做手术。

也就是说她在生完孩子不到一个月又怀孕了。这是一件多么令人细思恐极的事啊！！

霎时，群里的宝妈们不淡定了，你一言我一语地吵翻了天。

但大多数人是骂宝妈的老公怎么这么渣，骂她怎么这么糊涂还在坐月子就行房事。

怀孕的宝妈说，她也不想呀，是老公非要缠着她。

而在屏幕这头的我也感觉心绪难平，一方面觉得宝妈的老公实在不是男人，另一面为宝妈不懂得爱惜自己感到生气。

当然，最最渣的还是她老公。**宝妈为他生儿育女，为他勤俭持家，他却全然不顾她的健康，不顾她的身体，为了满足自己的私欲，做出了这样令人愤慨的事。**

这样的男人还能称之为男人吗？简直是禽兽不如。

然而，令人生气的是这位宝妈也不懂得爱惜自己，倘若她抗争到底，想必他老公也无可奈何。

可现在事情已然发生，说什么都晚了。她也只能咬牙忍痛承受后果。

可真正令人难过的是，宝妈身边的人一眼就能看透，她和这样一个自私自利的男人在一起，想必也不会幸福到哪里去。

因此，作为女人，在嫁人前，可一定要擦亮眼睛，别让你的余生在不快乐中度过。

即便嫁错了人，也不要害怕，过不下去就走，不要把自己的一辈子耗在没有温情的婚姻里。那样，不值得！

4

看到这里，想必你也知道我要说的不仅仅是让那些来大姨妈了还要和女票啪啪啪的男人滚蛋，同时还要那些脑袋被精虫占满，以及自私自利，只想爽快自己，根本不顾女人死活的男人滚蛋。

真的，遇到这样的男人，不管他有多帅，多有钱，多优秀，也不管你有多喜欢，多离不开，多舍不得，你还是要拔足离去！

因为和这样的男人在一起你永远都不会幸福，而且嫁给这样的男人，相当于把自己置身于一个沼泽里。

它会把你淹没，会让你绝望，让你难过，让你歇斯底里。而在这一切发生之前，最好的办法就是让他滚蛋。

他走了，你舍下了，这就是重生。

亲爱的女生们，希望你能谨记，让自私自利、只想着和你啪啪啪的男人趁早滚蛋。

毕竟，你那么好，他哪里配得上！

傻瓜，他不喜欢你并不代表你不好呀

不过没关系的，他只是不喜欢我而已，这并不代表我不好。

云溪失恋那天，窗外下着淅淅沥沥的雨，天空灰蒙蒙一片。云溪一直躲在被窝里，眼泪如小河一样流淌在脸上。

宿舍里放着“我想我不够好”的悲伤情歌，连空气里都带着一丝忧伤。

云溪喜欢的男孩叫清远。清远人如其名，给人的第一感觉就是清秀，冷冷的。

云溪和清远的相遇很偶然，那天我和她一起在食堂门口发传单，猝不及防地云溪撞上了一个男生。

云溪慌乱地道歉，可男生只是皱了皱眉头，便头也不回地走了。云溪望着他的背影久久收不回目光。

她激动地对我说：“小欧，你说他是不是帅爆了，他是我喜欢的型哦。”

我翻了个白眼回应她，虽然我知道云溪对穿白衬衫的清秀男生向来没抵抗力，但在大庭广众之下这般花痴还是夸张了点。

趁她还未念起下一轮的“好帅”，我抢先说道：“打住，我知道他帅，他是你的菜，不过咱还是先把手头的事做完再说。”

云溪使劲地点头，宛若打了鸡血一样，凡是路过的人她都扬起十二分的微笑递上传单，末了还要道好几句谢谢。

不一会儿传单就被云溪抢着发完了，我不得不感叹：“爱情的力量真是伟大啊。”

原以为云溪喜欢清远会像喜欢电视里的明星一样，过几天就随风而去。却不料，这次她却是认真的。

不管是上课还是节假日，云溪总是要在食堂里吃饭，甚至她还戴上了只有在上课才会戴的眼镜，美其名曰“不放过每一个和清远相遇的机会”。

也许当你真心想找一个人，老天是不忍辜负你的。好几次，还真给云溪遇见了清远，可她也只敢远远地看着他，并没有勇气上前搭讪。

半个月过去了，云溪还是那怂样，我和舍友实在看不过去，趁她不注意把她推向清远所在的方向，然后腹黑地躲在一旁猜测“剧情”。

回来时，云溪一脸春心荡漾的模样，我们就知道有戏。

我最先耐不住好奇，问：“溪溪，战况如何呀？”

云溪挑了挑眉，脸上写满了得逞的神色。她说：“我要到清远舍友张军的QQ号啦。”

我和舍友大跌眼镜，果然妖孽如溪溪，连追起爱来都这么有套路。云溪说这叫战术，她要通过他的舍友来了解清远的一切。

回去后云溪立马加了张军的QQ号，不知情的人还以为她暗恋的人是张军呢。

云溪和他聊了一会儿，就道出了初衷。不知怎么，张军竟也乖乖地把清远的QQ号给了她。

云溪加了清远立马撇下张军，任他千呼万唤，也只是敷衍而过。

为了和清远有话可聊，云溪翻看了他所有的历史动态。看到他在空间里提到他很喜欢英雄联盟这个游戏，她就立马下载了它，每天上完课什么都不做，端着键盘厮杀到晚上十二点才肯上床睡觉。聪明如她，一星期过后，她的等级就蹭蹭蹭地升了上去。

于是云溪行动了，她把游戏的截图发给了清远，还发了个抱大腿的表情，后面又跟着俩字：求带。

也许是“爱屋及乌”，清远立马回复了她，夸她是游戏小能手，还询问云溪愿不愿意和他组团。

云溪当然求之不得了，她在屏幕这头点头如捣蒜，却不知他是看不到她的。而作为旁观者的我不得不感叹，爱情总是叫人痴狂呀。

云溪借着游戏的名义立马和清远混熟了，她觉得清远刚开始的那股高冷劲也没了，便又旁敲侧击问出他的微博、微信号然后一一加上。云溪就像是一只无孔不入的小虫，逮哪钻哪。

云溪说她要全方位参与清远的生活，可是她不知道用力过猛，终有一天她会受很多伤。

每晚云溪都要坐在电脑前等着清远上线，然后陪他尽兴。这一坐通常就是三个小时，云溪的晚饭也变成了夜宵。

在此之前，云溪说她最讨厌那些视游戏如生命的人，可现在她却为了他，不仅玩起了游戏，连她一直重视的学业都不顾了。

慢慢地，云溪逐渐脱离了我们宿舍的集体活动，开始跟着清远进进出出，陪他去吃饭，陪他去上课，俨然成了一个小跟班。

那一段时间我们都以为她和清远快在一起了，甚至连她自己也有了这种错觉，但是真相永远会让你始料不及。

那天是在校园的小亭里，云溪在心里演练了一遍又一遍，终于把埋藏在心底的话说出口了。

原以为一切都是水到渠成，却不料，清远拒绝了她。清远说，我一直把你当哥们看待呢，而且大学期间我还不想谈恋爱。

简简单单的两句话，却让云溪如坠冰窖，浑身发冷。

她连雨伞都没拿，便冲向了雨中，脸上流淌着不知是雨还是泪的液体。

云溪以为这些时日的陪伴，他都懂得。却不想，人家根本没有把她放在心上。

云溪说他那冷漠的样子，让她觉得这些日的时光都是不真实的，她和他还是陌路人。

距离清远说不谈恋爱才几天，他就牵起了别的女孩的手。

那是云溪被拒的第七天，我们如往常一样有说有笑地去食堂吃饭。走至大门口，云溪突然异常地停下了脚步，一双眼呆滞地看着前方。

我顺着她的目光看了过去，只见清远身旁坐着一个女孩，他正温柔地为女孩拭去嘴角的菜汁。

云溪像是被定住了一样，一动不动。我试探地喊了下她的名字，可她却置若罔闻。

过了几秒，云溪突然转身奔向了宿舍。我怕她想不开，便跟在她的后边。打开宿舍门的一刹那，云溪没忍住还是哭了，她问我，不是说好了不谈恋爱吗，怎么一转眼就牵了别的女孩的手？

我不知该如何安慰，只能默默地陪着她。也许在那一刻，所有的安慰都是苍白无力的，毕竟她喜欢的人和别人在一起了。

之后，云溪向张军打听那个女孩。张军说女孩叫向晴，是财管系的小学妹。张军还说小学妹用一张照片、一场电影和一顿晚饭就把清远成功虏获了。

看到这句话，云溪落寞地关了手机，把自己扔在床上一天没动。

第二天醒来时，云溪的床铺空空如也，我们找了她一上午都找不到，中午她带着一身酒气回来了。

她难过地问："是不是我太差了，所以清远不喜欢我？"

我说不是的。

她又问："那为什么我一个月的苦心付出和追求却不抵过小学妹短短数日的相识，为什么？"

听着她难过、伤心的话语，我的心也不禁一痛。可是，爱情本来就是这样的，并不是你喜欢我，我就得喜欢你呀。

喝醉酒的云溪就在昏昏沉沉中度过了一下午。

晚上她把小学妹的照片发给我看，那是一个很温柔沉静的女孩，但云溪并不比她差，云溪是我们系里数一数二的美女，不仅脑袋瓜聪明，而且人也很勤奋。

在她遇到清远之前，她不仅拿了奖学金，而且凡是有她参加的比赛，必有名次。

可就是这么一个优秀的人，当遇到了自己喜欢的人时，竟也不可避免地陷入了自我怀疑和自卑中。

那时候我才知道爱情是公平的，ta 并不会因为你足够优秀就特别善待你。ta 给每个人的都一样，有欢喜、有悲伤。

清远和小学妹在一起不久后，张军竟然追求起了云溪。他总是时不时地找云溪聊天，听说云溪不愿意去吃饭，他就买回来送到我们宿舍；听说云溪心情不好，他就发笑话给她看……他像云溪当初对清远一样对待她。

舍友看张军对云溪这么上心，便试探地问她，要不要从了他？

云溪却坚定地摇头，她说："我知道张军是个很优秀的人，可我对他没有感觉。我想这就像当初清远对我一样，虽然知道我对他很好，但他就是没办法喜欢上我，所以只能拒绝我。

听到云溪想通了这一点，我们都为她感到开心。云溪还说，虽然有时候看到清远和小学妹牵着手漫步在校园里还是会有一点点的失落和难过。可是没关系呀，只要自己忙起来，没有什么烦心事是忘不掉的。

云溪是这么说也是这么做的。为了回到之前的状态，她不仅重新加入了社团、还发狠学习补上落下的功课努力争取奖学金，周末她也没闲着，背着小包就去兼职了。

云溪的生活被她安排得满满当当。渐渐地，我发现云溪明朗的笑脸又重新回来了。

毕业晚会那天，云溪微笑着祝福清远和小学妹。看着她真心实意的笑脸，我知道这傻瓜是真的放下了。

回宿舍的路上我调侃她：“怎么，走出来了呀，溪溪？”

云溪狠狠地瞪了我一眼，笑嘻嘻地说：“是呀，放下了。**清远就像是天边美丽的彩虹，虽美却不是属于我的风景。不过没关系的，他只是不喜欢我而已，这并不代表我不好。我愿意等，等那个欣赏我也懂得我好的人。**”

云溪说这番话时，眼里闪着坚定的光芒，我知道那是释怀也是坚信。

收起你的愧疚感，不要接受你不爱的人

爱不是愧疚，不是犹豫不决，爱应该是身不由己，是情不自禁。

“怎么办，怎么办，我好烦啊。”李婷烦躁地揉着头，眉头紧皱，可怜兮兮地看着我。

“怎么了，说出来听听，说不定姐有法子。”我一边翻书一边说。

“还不是李浩，我都快烦死了。”

“你们不是分了？”

“是啊，可他最近一直找我，现在的他完全变了一个样，对我各种好。”

“那你答应了？”我侧目看了李婷一眼。

“没有，我不知道要不要答应。”

“你还爱着他？”

“不算爱吧，只是每次看他对我那么好，老是买这买那给我，我不要还不行，我就很愧疚，心里很不忍，所以就纠结着要不要答应他。”

我合上书，认真地看着李婷，“那你还是别答应了，不爱了就是不爱，真爱哪有那么多的纠结和考量。”

“为什么，也许相处久了我又会喜欢上他呢？”

“那如果喜欢不了呢？而且要喜欢，你也不会这么烦吧。”

李婷不再言语，陷入了沉思。

“那我给你讲个故事吧。”我看着她无奈地说。

“好的呀。”李婷搬着小板凳坐在我的身旁，双手支撑着脸蛋，一副百爪挠心的模样。

朋友亚丽接受了一个追了她很久的学长。亚丽和学长在同一个社团，学长第一次告白时，亚丽正面拒绝了。可学长依然没有放弃，小礼物、零食、鲜花从来没有断过，可都被亚丽一一退回。

后来有一次，院里举办活动，由他们所在的社团组织举行。可节目开始前，亚丽才发现自己负责的部分出了差错，而这意味着她要受到领导的批评。最后她安然无事，因为学长主动替她承担了错误，然后学长被领导批得狗血淋头。

亚丽打心里感激学长，但同时内心也充满了愧疚。当晚，学长又一次向亚丽表白了。学长情深意切，声音还略微有点哽咽，亚丽想到白天的事，愧疚感翻涌而来，脑子一热便答应了。

一开始亚丽的生活并没有什么改变，无非就是多了一个人一起吃饭，一起自习，一起游玩，还挺轻松快乐的。

然而一段时间后，学长牵她的手，这让她很不习惯也很排斥，很多次她都想甩手，可是想到自己已经答应做他的女朋友，便忍了下来，但那种轻松快乐的气氛却再也找不回来了。亚丽以为像学长这么优秀的人，通过慢慢相处自己应该会爱上的，可到最后还是没有。

学长想要和她接吻的时候，亚丽在心里很用力地说服了自己，可在最后一秒她还是推开了学长。

学长略微有点不开心，但也没有说什么。他以为她只是不习惯而已。可随着时间的流逝，亚丽的排斥感非但没有减弱，反而越来越强。

这次学长彻底冷脸了，可亚丽却依然沉默不语。她选择沉默的原因很简单，依然是因为愧疚。她一边排斥一边将就，很快人就疲惫不堪了。

最后亚丽还是提出了分手，可学长不同意。亚丽很坚定，因为她实在是太累了。两人最后以闹得很僵收场。

“故事讲完了，你也该懂了吧。”我对李婷说。

“嗯嗯，我知道怎么做了。”李婷的眉头终于舒展开来。

之后李婷再也没有理会前男友发来的消息，不管他怎么忏悔，怎么保证，她都选择无视。前男友送来的东西她也一一退还。

做完这些事，李婷的愧疚感没了，复合的念头也不复存在。

在感情的世界里，当我们对一个人怀有愧疚，就忍不住想要补偿 ta，也因此做过很多努力。

可是，**很多时候我们明明是不爱那个人的，却出于愧疚而接受了 ta。总想着 ta 为自己改变了那么多，ta 为自己无条件地付出了，如果不答应是不是太过残忍，于是我们就催眠自己相处相处应该会慢慢爱上 ta 的。**

可是亲爱的，那是愧疚，不是爱，爱哪来的那么多犹豫不决、那么多理由借口？爱应该是身不由己，是情不自禁。

出于愧疚感而答应和 ta 在一起，这是违背自己的内心，也是欺骗别人的感情。

牵手、接吻，这些对于普通情侣来说再正常不过的事，可 ta 却要因为你的违心而承受你的排斥、拒绝。这对 ta 来说是伤害，也是打击，而且这对 ta 很不公平，也很不负责任。

因此，收起你的愧疚感，不要接受你不爱的人。这既是对自己负责，也是对别人负责。

不平等的爱情，不要也罢！

不平等的爱情只会为难别人，折磨自己，何不放手，给自己一个重生的机会！

晚上收到妞儿的短信，点开一看，一连串崩溃大哭的表情后面跟着五个字：老娘失恋了。

看到这五个字，我的第一反应是：终于分了呀。我回她：恭喜你哟，放弃一棵树，收获整个森林。

妞儿发了个抓狂的表情，骂我没良心。

我说，我就是有良心，才为你感到开心，你们不合适。

妞儿回：我知道的，不就是失个恋嘛，哈哈哈……我没事。

看着妞儿一副逞强的模样，我心疼不已。

妞儿和他的前男友森在同一家公司工作。一次集体会议，森站在讲台上侃侃而谈，挥洒自如，一下就夺走了妞儿的少女心。

在我们的鼓动下，妞儿展开了猛烈的攻势。她主动邀请森吃饭，看电影，而森由一开始的拒绝到后来慢慢地答应。

三个月后妞儿兴冲冲地向森表白，回来时却哭丧着一张脸，一看就知道她是表白失败了。

我劝她说，算了吧，**该做的你都做了，他要是动心的话，早就答应你了。他就是不喜欢你才舍得让你追逐那么久。**

可妞儿就是撞了南墙也不愿回头。她不断地改变追求策略。森生病时给他送药送水，生日时帮他煮一桌丰盛的晚餐，偶然提到想吃某某小吃，妞儿就帮他买。

半年后，森终于答应和她在一起了。可森在答应之前声明，他工作会很忙，没有那么多的时间陪她。爱昏了头的妞儿却说，没关系，男人嘛，要以事业为重。

在一起之后，森的生活并没有什么改变，而妞儿却依然围着他转，给他洗衣做饭，帮他处理工作上的小事情，为他整理收拾房间，俨然成了一个标准的小媳妇。

然而森陪妞儿的时间少之又少，每次都说工作忙。妞儿一开始也是体谅的，可当森把周末时间都贡献给工作时，妞儿就有怨言了，为什么他总是那么忙，为什么他就不能抽出点时间陪我呢？

一次，妞儿突然发烧了，于是她打电话给加班的森，让他回来陪她去医院。

可森却拒绝了。他说，他在加班，让她多喝点水，或者去楼下的诊所看，说完就挂了。

妞儿在电话那头哭得不能自已。最后她不得不起身，自己一人前往医院。

此情此景想想都觉得凄凉，我说这男朋友还要他何用，分了算了。

可妞儿舍不得，她说毕竟相爱了一年。可在我看来，那哪是相爱，明明是她单方面的付出。

毕竟，这一年以来都是妞儿在主动，也许森一开始就未想过好好地和她谈恋爱，不曾把她当作女朋友，不然他怎么从未做过一件让妞儿感动的事。

妞儿也曾想过这个问题，但她不死心，愣是以为自己再努力努力，或许就会有希望。等到森做出让她绝望的事，她才肯放弃。

第二天，妞儿就提出了分手。她说她累了，她爱不起了。而森也没有挽留。

他们的分手，在我预料之中。一段一开始就不平等的爱情又怎么会长久呢？

妞儿总是在不停地追逐，不停地付出，森却不曾为她停下脚步，不曾为她做过一件事，只知道一味地接受。

可真正的爱情不是这样的。两个人相爱，应当是共同承担，共同经营，彼此呵护，给对方感受得到的爱。如果只有一方在付出，在贡献，另一方却不曾回应，这样的感情是维持不下去的。ta会累，会难过，会受伤，最后会带着满身的伤转身。

而森不曾真正地关心过妞儿，很明显森并不是那么喜欢她。

在这段感情里，妞儿是付出的一方，她总是围着森转，经常缺席朋友的聚会，可她并没有因为爱情变得越发美丽，反而失去了往日的光彩，整个人显得疲惫而又没有朝气。

而从失恋中走出来的她不再患得患失，不再抱怨。没有了森，她反而空出了很多时间。她把这些时间分配在工作、休闲、学习上，生活过得越来越充实，笑容又重现在她的脸上。

原来结束一段不平等的爱情竟有这样的魔力，它可以让一个人重拾自信，找回自己。

所以呀，我们要清楚地知道，爱情不是全部，我们没必要把自己搞得那么悲壮。不平等的爱情只会为难别人，折磨自己，何不放手，给自己一个重生的机会！

抱歉，我有爱情洁癖

可疼痛就像是藤蔓一样，缠绕着她的心，让她辗转反侧，难以入眠。

“为什么？为什么要分手？”陈昂紧紧地拽着小洁的手，不肯放她离去。

小洁深深地望了一眼那双曾紧紧牵着自己的手，又缓缓地抬起头，意味深长地看着陈昂。她似是要把他看透一般，双眼紧紧地聚焦在他的脸上。

看不透，看不透，有着这样一双无辜的眼睛的人竟会做出那样的事。小洁失望地拂去紧抓着自己的手，丢下一句话，便转身离去。

小洁一个人走在街上，一丝丝寂寥袭上她的心头。秋日的夜晚，风中夹带着一丝凉意。她揉了揉冰凉的双臂，有点后悔方才冲动得连衣服都忘拿了。

路上的行人匆匆而过，有如她一样形单影只的，也有甜甜蜜蜜的情侣相携而行。

小洁不禁想：这其中是不是也有如她一样情场失意的人，是不是也如她一样一汪深情付之东流。

小洁在心里哀叹一声，摸了摸酸涩的鼻子，向公园走去。

公园里热闹非凡，可那也是他们的热闹，和她无关。小洁悻悻地坐在公园小路的长凳上 。

一对六七十岁的夫妻吸引了小洁的注意。在众多跳广场舞的人群中他们是最老的一对。

老爷爷嗔怪地对老奶奶说：“都跟你说了，我很笨，一晚上尽踩你的脚，疼吗？”

老奶奶洋溢着笑容，“不疼，不疼，别着急，我再教教你就会了。”

“嗯。”老爷爷笨拙地跟着老奶奶的步伐。

小洁看着这一幕，心酸不已。曾几何时，她也曾幻想过，等自己和陈昂老了以后，也像众多的老夫妻一样来这边散散步。他陪她跳广场舞或她陪他下棋，一切都那么美好。可是现在什么都变了，物是人非，情已了。

一对年轻的情侣从小洁面前走过，男生宠溺地刮了刮女生的鼻子：“宝贝，多亏那次我也去了聚会，不然就认识不到你，更娶不到你这样的好老婆。”

女生娇羞一笑，嗔怪道：“谁是你老婆呀，我可没答应嫁给你。”

这一幕，就像一把刀插在小洁的心上，回忆如潮水一样翻涌而来。

小洁和陈昂是在一个朋友聚会上认识的。那天小洁姗姗来迟，好友徐静抓着她不放，硬灌了她三杯酒。然后趁她晕乎乎的硬把她塞在陈昂的身边。

小洁不明所以，傻乎乎地笑着。徐静一脸无奈地看着她，向陈昂介绍道：“这妞就这样，傻得可爱，三杯醉。”

小洁抗议：“谁傻了，我不傻，你才傻。”反过身，抓起陈昂的手握住，“你好，我叫小洁，大家都叫我小洁。”

徐静一脸无奈地看向陈昂，“她平时不这样的，要不是她反感我介绍对象给她，我也不会出此下策。”

陈昂心领神会，正了正身子，嘴角微扬：“你好，我叫陈昂。”

“嗯，来，再来一杯。”小洁抓起酒就要往杯子里倒。

“我来。”陈昂一把抢去她的酒杯，背过身往杯子里倒白开水。

小洁喝着白开水，嘴里却念叨着：“嗯，这酒一点都不烈，我还能再喝。”

陈昂和徐静对视一眼，两人咧着嘴偷笑。

聚会散后，陈昂负责把小洁送回去。陈昂贴心地为她煮了醒酒茶，一勺一勺地喂入她的口中，又拿了毛巾，帮她擦了擦冒汗的额头，然后悄悄地关上房门离去。

而这一切的一切，小洁自然是不知道的，这都是两人在一起后陈昂告诉她的。

那是个暖暖的午后，陈昂声情并茂地描绘着小洁的可爱，而她却羞红了脸，恨不得找个地洞钻进去，并在心里狠狠地发誓，以后再也不喝酒了。

可陈昂似是看透了她的心思，一脸认真地对她说：“小洁一点都不傻，小洁最可爱了。”

一股甜蜜的暖流在小洁的心底荡开。

“在枯萎的夜里哭泣，雪花淹没你的足迹……”手机铃声适时地响起，拉回了小洁早已飘忽的思绪。

点开一看，是陈昂的来电。小洁果断地点了拒绝，打开后盖，卸下电池，动作一气呵成。

想起下午的那一幕，小洁心中愤怒的火苗再次燃烧。那一幕，不仅刺痛了她的眼，更是划开了她的心。

她兴致勃勃地和朋友去商场购物，和朋友有说有笑的，却听得朋友说：“小洁，快看，那个人像不像你家陈昂？”

小洁好奇地顺着朋友手指的方向看了过去，呵，还真的很像呢。

“好像就是啊，那身高，那体格就是吧？”另一个朋友附和。

“怎么可能，陈昂在公司加班呢，他今天还特地打电话向我报备。”小洁心里打着鼓，但嘴上却依然逞强。

她怎么会认不出来呢，他身上穿的衣服就是她买的啊。可此刻，他却穿着她买的衣服，搂着别的女人的腰肢，在珠宝柜台上为别的女人挑选首饰。

小洁再也看不下去了，强忍着泪水拉着朋友走了。

待朋友走后，她伪装的坚强一下子垮掉，强装的微笑也消失殆尽。她恍恍惚惚地上了一辆公交车，从城市的这端坐到城市的那端，之后又恍恍惚惚地回家了。

一整个下午小洁的脑袋就像是糨糊一样，不管泼了多少次冷水，不管摇晃了多少次，却依然无法清醒。

她不愿意也不能接受眼见的事实。他说过他只爱她一人，他说过他只会对她好，他说过她是世界上最美好的人，他说过他不能没有她。可现在他所有的情话就像是一场讽刺，讽刺着他的变心，讽刺着她的信以为真。

可是，再逃避也无法否定看到的事实，小洁带着破碎的心回到了那个“家”。一进家门，陈昂如往常一样贴心地问：“小洁，下午逛得开心不？晚上我做了你最爱吃的里脊排骨。”

他的笑如往常一样温暖，那么撼动人心。可此刻在小洁看来，却是虚伪至极。

小洁一眼扫过陈昂的装扮，他早已把下午的衣服换掉，此时穿的是另一套。

小洁在心里冷笑：呵呵，自以为天衣无缝。内心的火焰再次点燃，她冷漠地看了他一眼，冷不丁地说：“陈昂，我们分手。”

陈昂不由得愣住了。那表情在小洁看来，分明是心虚了，心虚自己是不是知道他背叛她的事。

小洁进了房，拿了钱包，转身要走。

陈昂这才反应过来，拉着她的手，问出了心中的疑惑：“为什么，为什么要分手？”

小洁的一句话令他彻底呆住。她说：“我今天去了盛景商场。”

陈昂抓着小洁的手一僵，面色难堪。所以当小洁拂去他的手，他没有去追，因为他不知道该怎么面对她。

小洁在商场里看见的女人是陈昂的前女友也是他的初恋。似乎所有男的都放不下自己的初恋。小洁的前男友也是和初恋跑了，所以小洁在一段时间里一度很反感别人给她介绍对象。

好不容易打开心扉，迎接新的恋情，却还是逃不开那个宿命。

谁知道呢，一向温文尔雅，对朋友仗义对女友温柔的陈昂竟然会是这样的人。

小洁从没有想过过往所有的温情、所有的甜言蜜语、所有的温柔体贴，不过是梦一场罢了。

也许是在同一个地方摔了两次，也许是一颗心经过千锤百炼早已变得坚强，小洁心虽然钝痛着，却再也没有了那种铺天盖地、没他不可的无力感。

她拖着疲惫的身板，走在街道上。昏暗的路灯拉长了她的身影，那么孤单，那么寂寥。现在她只想好好睡一觉，不再去想明天。

第二天，小洁是在一阵混乱的敲门声中醒来的。

她揉了揉发胀发痛的脑袋，有气无力地问了句“谁呀”，又慢悠悠地走向浴室。等她搞定这一切，已是15分钟之后。

打开门，映入眼帘的第一人是徐静，而后面跟着陈昂。

小洁“啪”的一声，把门关上。还不到一分钟，她又把门打开了，也好，把事情说开，省得心烦。

三人坐在沙发上。徐静最先开口：“陈昂，你把事情的原委老老实实地说出来吧。”

陈昂抬头，愧疚地看了一眼小洁。

“我和我前女友联系有一段时间了，不过都是她找我，我从来没有找过她，我发誓。”陈昂为了强调自己说的是真的，还夸张地竖起了两根手指。

小洁嘴角微微上扬，却是冷笑的弧度。

陈昂继续道：“前女友是找我复合的，她说了很多很多我和她以前的事。可我没有答应，因为我身边有你了。可是每次看她发来的消息，我不忍对她不理不睬。那是我和她第一次见面，去盛景商场给她买首饰，是为了圆当初对她的一个承诺。这次圆了，也就算是真正地画上一个句号。”

小洁冷笑的弧度越来越大，“所以那天你搂着她的腰和她谈笑风生也是圆你对她的承诺吗？”

“我……我……”陈昂试图再说些什么，却被小洁打断了。

“不用再多说了，就这样吧。”

“小洁，我以后再也不会和她见面了，你要是不喜欢我把她的联系方式删了好吗？”陈昂恳求道。

“小洁，陈昂既然肯改，你就再考虑考虑吧。”徐静帮腔。

“我考虑了一晚上了，够清楚了。”小洁挎上包，往门口走。

“小洁，小洁，等等我。”徐静跟了上去。

她们来到了一家咖啡馆。

徐静开口：“小洁，我认识的陈昂不是这样的，他为人正直、善良，对朋友又仗义，很有上进心，所以我才会把他介绍给你。”

小洁一副明了的样子，“静姐，我没有怪你，我知道你也是为我好，陈昂确实挺好的，但我无法接受他的做法。”

“男人嘛，或多或少会犯一些错，既然他现在愿意改了，你就再考虑考虑吧。”

“嗯，静姐，我会的。我去上班了，下次再约。”小洁不等静姐回答，抓起包就走了。

她没有办法容忍自己的男朋友和别的女人暧昧不清，她也不想和另一个女人争抢一个男人。她对感情有洁癖，所以小洁宁愿难过、伤心也不愿意将就、妥协。

她从来都知道，投入一段感情，有一天也许会遍体鳞伤，也许会开花结果。但不论是哪一种她都是认真地对待。受伤了她也会难过，也会舍不得，可她不想恶性循环了。她告诉自己与其委曲求全，不如及早抽身。

于是，她把所有的难过、所有的悲伤全部发泄到工作中去。夜晚回到家，找一部虐人的剧，借此把眼泪倾泻，或读一些自愈的书，自我疗伤。

可疼痛就像是藤蔓一样，缠绕着她的心，让她辗转反侧，难以入眠。可一看到陈昂的来电，小洁还是会毫不犹豫地挂断。

两星期后，小洁在公司门口看到了手捧鲜花的陈昂。一丝不悦爬上了她的眉梢，她视若无睹地大步往前走。

好在陈昂也没有给她难堪，只是紧紧地跟在她的身后。可刚走至一个僻静处，陈昂就伸手抓住了她的背包带。

小洁不悦地回头：“你想怎样？”

“我已经删了她的号，你回来好不好？”陈昂软着语气说。

“可我无法接受你了，我有感情洁癖你知道的。”

“林小洁，你不要太得寸进尺了，我都认错了你还想怎样？”陈昂突然不耐地喊道。

“你给我听清楚，我不稀罕你的认不认错，我们已经分手了。”

小洁看着撕破面具的陈昂，最后的一丝眷恋也没了。

陈昂看了她一眼，随手把花扔在地上，头也不回地走了。

小洁这一刻的心情变得格外轻松，之前她还眷恋着他的温柔体贴，这一刻全部被他那一吼抹杀了。

别拿你的“爱”绑架我

爱不是事事顺从，更不是唯你是瞻，真正的爱是有底线、有原则的。

1

“你到底要不要帮我？”在电话这头的林君瞪着双眼，一副你不帮我咱就玩完的模样。

“可是，我真的不会呀。”电话那头的声音很是为难。

“行，那咱们就分了吧。”林君“啪”的一声，把电话挂了。

电话那头的人则万般无奈地发短信、打电话挽回。

可林君一概不理，直到她看到阿迪答应她每天也写一篇文章，她才回了短信。

林君当然知道阿迪的语文很不好，在高二高三的时候，他的成绩就一直霸在90分不走（总分150分）。

林君说，我不要你很有文采，也不要你写多少个字，只要你每天记录一件有意义的事就好。

可她不知道这对于语文“白痴”阿迪来说，有多恐怖。记得刚上大学那会儿，阿迪就总是感慨，终于甩掉了语文这个包袱，可见他是有多不喜欢语文。

可现在林君却以分手要挟，让他每天都写一篇文章，这不是相当于把他往火坑里推吗？

也许你会说，不会可以学呀。他不是爱她吗？那就应当为她去学，这样才是真爱呀。

可是，我想说，这就好比你妈逼你吃一道你极度不爱吃的菜，虽然你知道你妈是为你好，但你还是会拒绝，因为不喜欢就是不喜欢。

而这与阿迪讨厌写文章一样，不会就是不会。你不能说他拒绝了林君，就是不爱她。

如果爱是为一个人去做自己极度不喜欢的事，那我想说这样的爱我宁愿不要。

况且真正意义上来说，这也不能算是爱，而是一个人用“爱”的名义要求另一个人妥协。

2

可妥协来的爱，或许能够赢得一时半会儿的和和睦睦，但最终却还是要分崩离析。

这世上，每个人都有自己的风格和衣品，可阿珊的男朋友就很莫名其妙，非要阿珊穿裙子，也不看阿珊适不适合，喜不喜欢。

阿珊是一个很活泼开朗的女孩，她虽然留着长发，但一向打扮得休闲中性，不过很适合她的气质。

可阿珊的男朋友不乐意了，他说你就不能打扮得淑女一点？非要穿得这么休闲。

于是他没和阿珊商量，就帮阿珊买了好几条裙子，非要逼着阿珊穿。

阿珊试穿过，可穿着裙子的她就像是一个假小子，一点儿都不和谐，阿珊自己也觉得很别扭。

于是，她拒绝了男友的要求。可男朋友不干，他说，你到底爱不爱我？你就不能为我穿得淑女点？

阿珊很无奈，她说，我当然爱你呀，不然，我怎么会尝试穿你买回来的裙子？可你也看到了，我根本就不适合穿。

男朋友还是不高兴，他说，我看就挺合适的呀。

阿珊只好继续做他的思想工作，她说，那我喜欢剪寸头的男生，你能为我剪吗？

阿珊的男朋友顿时慌乱了，他捂住刘海说，现在谁还剪寸头呀。

阿珊继续说道，那你是不是不爱我呀？不然你怎么不愿意为我剪寸头？

阿珊的男朋友听闻立马承认错误，他说，是我不对，以后你穿你的休闲服，我蓄我的刘海，只要彼此喜欢就好。

从那之后，阿珊的男朋友就再未提过让阿珊穿裙子，而他们的感情也一直很稳定，究其原因不过是因为阿珊和男朋友都不愿意绑架彼此。

不愿意为他改变自己的穿衣风格，不愿意为她剪寸头，这能说明他们就不爱彼此了吗？

答案当然是否定的。相反，这恰恰说明他们真的很爱彼此，因为他们不愿意用自己的“爱”去绑架另一方，让另一方做出不情不愿的抉择来。

爱应当如此，尽管我喜欢 A，但我不会阻止你喜欢 B，我尊重你的原则，我以你的快乐为主，我不会用所谓的爱让你妥协。

3

前不久，雄哥找我聊天，他说他惹女朋友生气了。

一问，我才知道是怎么回事。原来，雄哥的女朋友让雄哥帮她写作业，然后雄哥“无情”地拒绝了。

于是，他的女朋友就闹脾气了。

我说，那你有时间就帮她写呗，自己的女朋友都不帮你要帮谁。

雄哥哭笑不得，他说，就是没有时间啊。那天，老师丧心病狂地布置了很多作业，第二天就要交，而我也一直在赶呀，就让她自己写，而且她并不是不会，就是懒而已。可我拒绝了她，她就哭着闹着说我不爱她。

从雄哥的字里行间，我读出了浓浓的无奈。确实，每个人都有忙的时候，都有自顾不暇的时刻。

作为男生，对于女朋友的求助，自然应当帮忙，但特殊情况，女生也应当给予理解，而不是用爱去绑架他。

这样的绑架是作，是无理取闹，而且也是将一个深爱自己的人推开，总有一天是会失去他的。

4

因此，作为一个合格的男女朋友，应当要学会理解，学会体贴，学会站在彼此的角度思考问题。而不是一味地要求对方顺着自己的心意走，倘若对方无法满足自己的要求，就说 ta 不爱你。

要知道，爱一个人也有力不从心的时候，但这并不代表 ta 不爱你，而你也不必多疑，也不必担忧他是不是变心了。

爱从来就不是事事顺从，更不是唯你是瞻，真正的爱是有底线、有原则的。爱是理解，是包容，倘若你要的是无条件的宠溺和满足，那这并不是爱，而是绑架。

所以，如果你爱我，就请你不要“绑架”我。

你永远感动不了一个不爱你的人

你永远感动不了一个不爱你的人。

1

有一首歌是这么唱的：我感动天，感动地，怎么感动不了你。

朋友许言最近就遇到了这样的事。他在追同校的一个女孩。表白了，可女孩却明确地拒绝了。但许言不死心，依旧紧追不舍，坚持如初。

他每天早上都会帮女孩带早餐，晚上再送一盒晚安牛奶。凡是和女生沾上关系的节日，他都要送一份礼物给她。

他知道女孩喜欢吃零食，于是寄了一箱又一箱。他知道女孩喜欢玫瑰花，所以节假日的时候就特意买玫瑰花送给她。他知道女孩很注重学习，但成绩不怎么好，所以每次他都会把每科的作业写好，把每一步的解析写得清清楚楚，然后发送到女孩的邮箱里。

他觉得这世界上再也没有一个人可以像自己那么好，即使被拒绝了，却依然如初地对待女孩。他说他自己都快被自己的痴情感动了，可为什么女孩还不答应做她的女朋友？

我说：“因为你的好，女孩根本不需要呀，你自以为的那些付出，对女孩来说不过是多余的。你以为自己痴情，你以为自己对她足够好，好到感动了自己，相信总有一天也会感动女孩。可是不会的，女孩不喜欢你就是不喜欢，你的好对她来说也许反而是一种困扰。”

后来，许言又苦追了女孩很久，但女孩依旧不为所动，许言最终只好放弃。他知道自己再怎么感动，也只能是自我感动罢了。

是呀，很多时候，我们总以为感动了自己就可以感动别人，可事实却是我们也只能感动自己罢了。

2

前不久，我写了一篇名为《请善待每一个被送养出去的孩子》的文章，并投给简书首页，很遗憾的是，被拒绝了。

其实，写这篇文章我是投入了感情的，而且那些例子都是身边的事，所以写起来很流畅。写完后，我又反复地读了两遍，把每个句子改顺。

说实话，在读的时候，我挺感动的，因为那些细节、那些情景是存在脑海里的，只要一读，画面就会自动浮现，心情也会变得很感伤。用句不要脸的话，那就是我被自己的文字感动了。

当然，举这个例子并不是要说我写的文章有多好，而是想说，很多时候，我们只能感动自己，感动不了别人。这就像别人不可能和我们感同身受一样。

因为事情是你在经历，感受也是你在体验，别人只能窥得一二，无法全面了解。

所以，有些事真的不可强求，也不是你觉得该怎样就怎样，我们只能顺其自然。

3

书静在被分手的那一段时间里，可以用四个字来形容，那就是歇斯底里。

她歇斯底里地请求男朋友不要分手，她每天给他发无数条短信，打无数个电话，即便他不回不接。

她歇斯底里地对男朋友好，为他做爱心早餐，帮他买衣服，尽管他都不接受。

可是她的歇斯底里，她的倾其所有，到最后也只是感动了自己。

那天她痛哭流涕地来找我，她说："我都对他那么好了，不管他做什么我都支持，不管他忙不忙我都不会要求他一直陪着我，他想要的东西我主动帮他买，可为什么他都不感动，他还是要离开我。如果是你，你会感动吗？"

说实话，这个问题其实挺好回答的，书静只不过是当局者迷罢了。如果我不爱了，我自然不会感动分毫，因为他不是我期待的人给予的感动。而如果还爱的话，我不仅会感动，还会心疼，怎么能让自己喜欢的人受苦呢？

书静感动的不过是自己罢了，她觉得她为他付出了，为他退让了，他应该感动的呀。可是他没有。

于是我们不得不承认，我们无法感动一个决心要离开的人，就像你无法叫醒一个装睡的人。

许言无法感动他喜欢的女生，说明女生是真的不喜欢他，所以他选择了放弃，不再一边付出一边抱怨。

我的文章只能够感动我自己，说明我尚未具备感染别人的能力，所以我应当去学习，去提升。

书静无法挽回曾经的男友，说明她的感动对于前任来说，不值一提，不然他怎么舍得她难过。

所以，如果你还沉迷在自我感动中，那么停下来吧，不要再继续了。

我们应当认真去思考我们所做的这一切有意义吗？我们感动了自己，凭什么就以为也能感动别人！

我努力，是为了和你在一起

有些人不是不想忘，有些事不是不想深藏心底，而是忘不掉，不能忘。

高二那年，班上来了一个转校生，斜刘海，单眼皮，瘦削的身板透露着一股桀骜不驯。

他是女生心目中的男神。因为一下课，我身边的女孩们都在叽叽喳喳地讨论他。

说他像一个明星，说他比隔壁班的班草还有型。虽然我没有加入她们热烈的议论中，可我的小心脏早已诚实地“扑通扑通”直跳。

老师把转校生安排在了我左前方的位置，恰巧在我的视线范围内。因为这，我傻笑了一个下午。同桌骂我有病，我点着头继续傻笑。

转校生有一个很秀气的名字，叫做林勋，大概长得帅的人名字都起得好吧。

林勋虽然外表不逊，然而他却是一个乖乖好学生，成绩优异，运动细胞又发达。

而我只是个普普通通的高三生，既没有优异的成绩，也没有出众的外貌。我从来不曾奢望有一天能够结识他。

但命运总是这么奇妙，老师给参加体育活动的人安排了一个后勤，而我恰巧分给了林勋。

毫不夸张地说，在老师宣布我名字的时候，我竟激动地以为是在做梦。可身边女生失望的叹气却告诉我，这一切都是真的。

有女生还因此找过我，说让她代替我做林勋的后勤。我没敢直接拒绝，我说，林勋同意的话就好。

可话刚说出口，我就后悔了，因为这也是我梦寐以求的。让我意外又惊奇的是，林勋说老师怎么安排就怎么来。

于是，在运动会场上，你总会看到一个女生一手抓着一瓶水，一手拿着一条湿毛巾，屁颠屁颠地跟在一个男生后面。

很多年后看着那张被定格的照片，我是既难为情又觉得珍贵。照片上的男孩瘦削的背影在夕阳下挺得笔直，后边的女生穿着宽大的运动服，一身的土气。

林勋 2000 米长跑的时候，我也跟着他跑了一圈又一圈，那是我第一次跑了那么久。

很难想象，平时跑 400 米都喘不过气的我当时是如何坚持下来的。

跑到倒数第二圈时，我说，林勋，我在终点等你。

林勋点了点头。于是，我抱着满心的欢喜，等着他的到来。

林勋为我们班做出了巨大贡献，他也就愈加受女生的欢迎了。

一个人越是出名，就要受越多的流言。一日，我在教室午休，听得几个男生讨论林勋。

其中一个说："他以为自己很厉害，屌得要死。"

另一个说："是呀，他真以为自己是明星呢。"

接着就是一阵哈哈大笑的声音。

我皱着眉头，呵斥他们："能别吵吗？我要看书。"

而事实是我不想他们说林勋的坏话。我想这大概是因为，当你喜欢上一个人时，就见不得别人说他坏话吧。

为了靠近林勋，我收起了所有的小说，我甚至啃起了最讨厌的数理化。

我熬夜刷了一本又一本的习题，我与面目狰狞的难题死磕。

我的眼圈蒙上了一片乌云，一下课我总是趴在桌子上打瞌睡。

我的努力没有白费，看到与林勋的距离慢慢缩小，我觉得所有的一切都值了。

也许是因为运动会当他的后勤，所以每次见到林勋，他都会对着我微微点头，而这个点头之交对我来说就已经足够了。

有一天听同桌们议论林勋喜欢的女生类型。她们说，他喜欢瘦瘦的、柔美的长发女生。

我看着自己肥胖的身躯，不禁自卑，要做到瘦弱，得等到几时呢。

于是，每日早晨我都会早起跑步，看着同学吃美味的零食，我咽着口水，使劲地忍住。

慢慢地，我的体重竟然也下降了。虽然没到瘦弱的地步，但至少穿衣更漂亮了。

我也偷偷地蓄起了长发，只因为她们说林勋喜欢长发的女生。

我想即使我不能成为他喜欢的人，也要慢慢靠近他喜欢的模样。

就这样，我为林勋改变着，努力着。可是，直到高中毕业，我也没主动找他讲过话。

后来，我们各奔东西，上了不同的大学。我翻出高三的通信录，再三犹豫，终是加上他的号。

从他的空间里，我看到他的大学生活过得很是丰富，他不是参加篮球赛就是参加辩论赛。是呀，这也不奇怪，林勋一直就是这么优秀呀。

而我也没有停止追求他的脚步，我忙着跑图书馆，我加入了文学社，我每天七点起来跑步。

只因为我还记得那些话。

一次高中同学聚会，昔日的同学都夸我变化大，变瘦了，变得更会打扮，性格更加开朗。

而我也觉得自己越来越好了。可那天，林勋并没有来参加同学会。

回校后，我鼓了无数次勇气，下了无数次决心，终于决定在情人节那天和林勋表明心意。

然而，还没等到情人节，林勋的幸福猝不及防地就来了。

他在空间发了条说说，又配了张图。

图片上的男孩宠溺地看着女孩，女孩羞涩地靠在他的肩上。

他说，亲爱的，往后的路一起走。

那个桀骜不驯的林勋没了，有的只是一个沉入爱海的他。

于是，我懂了，他寻到了挚爱。

奇怪的是，我并没有因此感到伤心欲绝，我想这大概是因为，喜欢他也让我成为了更好的自己。

所以那天，我在空间里发了这样一条说说。我说，**没关系的，你没有答应和我在一起也好，因为是你，让我成为了更好的自己。**

在爱情里，情商低有多致命？

有对象的人呀，千万不要在自己对象面前夸别人，因为ta会难过的。

1

公司一男同事正在追求我们部门的小张。

小张呢，是一个胆大且自信的人，她虽没有倾国倾城的容貌，但一看就是个不错的好姑娘。

她告诉我说，那个男同事很烦人，明明他们不熟，他却总要装出一副和她很熟的样子，天天在微信发一些莫名其妙的消息给她，她若是不回，他就会追问，你这人怎么这样，怎么都不回人的消息？

坦白说，要是我遇到这样的人确实也会烦恼。凭什么你发消息我就要回，凭什么我不回，还要遭受你的责难，况且明明我和你不熟呀！

小张还说，他总是约她一起去某个校园散步。

这阵势一看就知道他是在追求小张，小张当然也意识到了，可她不喜欢那个男同事，自然就拒绝了他。

可男同事自尊心又受挫了，他说，你这人怎么这么不尊重人，怎么可以三番五次拒绝别人的邀请。

小张怒了，直接无视他的消息。

我想这事，不论放谁身上都会觉得无语。这世上竟有这么奇葩的追求者。

按男同事的意思就是，我给你发消息你就得给我回信，我约你你就得和我出去，不然你就是不尊重人，就是不顾及情谊。

在我看来，他这是情感绑架。哦，我喜欢你，你是我同事，对我的付出、讨好，你就得给我回应，不然你这人就是不行。

像他这样追求人，相信即便是一开始对他有好感的人也会被他吓跑。

没有一个人会喜欢逼迫自己的人，而他的行为恰恰也是低情商的表现。

2

秋子的男朋友也是一个低情商的人，不同的是他的低情商表现在追求成功后。

某日，秋子和男友一起讨论脸型的重要性，秋子说朋友们都说她是瓜子脸。

男友立马反驳，他说，你那才不是瓜子脸。说着，还用手描绘出了一个奇怪的形状。

秋子立马沉下脸来，说我有那么丑吗？

男友看秋子不高兴了，立马挽救道，也不是，你的脸也是瓜子脸，只不过是那种扁宽扁宽的瓜子脸。

秋子被他气得哭笑不得，只好安慰自己，他这是冷幽默。直到后来，她才知道，他这不是冷幽默，是情商低。

秋子说每次她和男友约会，他就会看她的手机相册。而秋子的照片大多是和女同学的合影。

她男友就会指着这个说，嗯，感觉这个长得不错；嗯，这个也挺美的；还有这个也挺漂亮的……

看完相片，没有几个是他觉得不漂亮的，但他却唯独不夸秋子漂亮。

即便他不愿意说违心话，但他也必须知道不要在女友的面前夸别的女生，因为她会难过，会没有安全感，会受伤。

可他全不懂，只会一味地伤秋子的心。

我可以理解秋子的心情，倘若我的对象也总在我面前夸别人，还是夸一堆人，那我也会活生生被气死。

所以，有对象的人呀，千万不要在自己对象面前夸别人，因为ta会难过的。

3

还有一次，秋子男友载秋子回单位，中途看到了一群穿短裙的女孩走在前边。

秋子的男友目光牢牢地锁定了她们，直到车开了过去，他还不舍地往后看。

秋子说，有那么好看吗？

她的男友立马争辩道，我觉得有一个人长得很像我认识的人，所以转回去看。

这谎言说得是脸不红，心不跳。

秋子当然知道他是在撒谎，而且撒的还是这么一个没有说服力的谎。

而她也打心里知道，他真的是情商低。

秋子在男友那里得不到认可，得不到肯定，得不到安全感，自然地，感情就难以为继。

最后，秋子提出了分手，尽管男友苦苦挽留，但秋子知道和低情商的他在一起是不会幸福的，反而会不断否定自己，变得不快乐。

所以，她还是坚持分手。

4

和情商高的人在一起是一种享受，ta 会在无形之中给予你信心和快乐。

林庭就是一个最好的例子。自从她谈恋爱以后，整个人都变了，变得柔和，变得自信，变得开朗。

林庭一直以来都很苦恼于鼻翼旁长了两颗雀斑，她觉得这两颗雀斑毁了她。于是，她想尽办法要除去它们。

但百度了无数次依然无果，林庭的脸上时常蒙着一层忧虑，她变得不爱照镜子。

直到李先生的出现，才让林庭重新唤回了光彩。

李先生在情书里说，他喜欢她鼻翼旁的两颗小雀斑，这让她变得很俏皮可爱。

其实，林庭完全不必苦恼，因为那两颗雀斑确实无碍，但她一直以来觉得是我们安慰她。直到李先生出现，她才愿意相信。

我和朋友不得不感叹，果然还是爱情的力量伟大呀！

李先生总是会时不时地夸林庭两句，说她胖瘦适宜，说她很体贴，说她很有才能。

林庭也由一开始的不快乐变成了到哪都洋溢着灿烂的笑容；由不爱照镜子，变成了一天要照好几回……

总之，我和朋友们都觉得林庭脱胎换骨了，而这得益于李先生对林庭的肯定和鼓励。

5

因此，谈恋爱就找一个高情商的人在一起，他会给予你最大的幸福和快乐，让你变得自信，从而使你成为更好的自己。

相反，和低情商的人谈恋爱则会让你更加郁闷，甚至否定自己，怀疑自己，而且很难有持久的幸福感，因为冷不防，他就会说出一句让你难过伤心的话。

若一段感情不能让你快乐、愉悦，那么为什么还要在一起？而不快乐的感情势必是要让两人走向相反的方向。

所以，低情商在爱情里是极其致命的！

有多少爱，败给了口是心非

爱情里的人大多脆弱、敏感，一句无心的话在深爱着你的人看来就是真刀实枪，不管ta给自己覆盖了多厚的铠甲，它依然能够穿过去，直击ta的痛处。

爱情里的女生总喜欢以分手来要挟男友，她以为这样就能够让他痛改前非，让他懂得珍惜。

可是，事实并不是这样的。没错，一开始，他会紧张，会害怕，甚至会痛哭流涕地哀求你和好。你原以为你达到了目的，所以一有什么不满就用这招来对付他。

可你不知道的是你的口是心非、你的用心良苦正在慢慢地将他推远。

到了那一日，你再说你只不过是为了让他改掉缺点，让他学会珍惜，已经为时已晚。

人心都是肉长的，面对一次又一次用分手来挑战他底线的人，他会失望，会难过，会受伤。

不是说好的爱我吗？你为什么一次又一次用分手在我的心上插刀？你不知道我会痛，会失眠吗？

曾经的阿秋就是这样的女孩。当她的男友很久没有回她短信、或者不愿意陪她去做某件事时，她就会生气，然后口不择言地提出分手。

阿秋是一个缺乏安全感的女孩，她觉得男友不愿意回她短信就是没有把她放在心上，不愿意陪她去做某件事就是不够爱她。

于是，她就提出分手。当然她不是真的想分，她只是想让男友多宠着她，让她感觉到自己被重视。

如她所愿，她的男友最终妥协了，可她不知道的是，**他每妥协一次，他就痛一分，也就离她愈远一分。**

在阿秋第 n 次提分手时，她如往常一样把手机放在一边去做自己的事。

直到夜里十点，她才拿起手机，然后不同于往常的是，这一次她没有收到男友乞求原谅的短信。

阿秋的心里闪过一丝慌乱，可她却强压住这股慌乱，告诉自己，他一定会发短信挽留的。

然而这一次，她的男友再也没有。十一点的时候，阿秋终于耐不住了，她主动发了条短信给男友。

她说，你不在乎了吗？不爱我了吗？

这一次，阿秋的男友回复得特别快，他说，我累了，不在乎了，也不爱了。

阿秋难以置信地看着这条短信，这一刻她完全乱了阵脚。她从来没有想过要分手，她要的不过是他的保证和认错，可是他却当了真。

阿秋立马回了过去，她说，我们不分手，但你以后要珍惜我。

令她难过的是，男友拒绝了。他说他觉得还是单身好。

之后，不管阿秋打电话还是发短信，他都没有回复。最后，阿秋的男友索性把手机关机了。

那一刻，阿秋才意识到曾经的自己是有多残忍，怎么可以一次又一次地说出那个冷酷的字眼。

她体会到了男友每次的慌乱和着急，因为那一刻的她也觉得像是天塌了一样。

即便后来阿秋不厌其烦地认错，每天打电话发短信，她的男友终是成了前男友。

你永远不知道，你的口是心非，你所谓的为了让他懂得珍惜，对你们的爱情有多大的杀伤力，对他又有多大的杀伤力。

真正令人遗憾的，不是你们之间没有爱了，而是你一步一步、一点一点亲手将他推离了自己的身边。

还曾见过这样的情侣，明明双方之间还有爱，明明舍不得对方离去，却死要面子。

当她问他，真的要分手吗？即便心里割舍不下，即便有一万个想在一起，却还是应下了那句“嗯”。

最后的最后，原本一段可以美满的爱情就这样土崩瓦解。

可只要一见到像他一样的身影，心就不免跳一下。明明想他想到骨子里，却不愿意承认。宁愿折磨自己，也不愿意告诉他一声，我想你呀，你回到我身边好不好。

殊不知，有些人一旦错过就不在。

很多很多年后，也许你会恨自己，曾经的自己为什么要那么倔，为什么不把心里真正的想法告诉他，为什么要选择违背内心。

然而，这世上没有后悔药，不管你怎样地悔恨，怎样地自责，都回不到过去。

你亲手葬送的爱情，再也回不来了。

你的余生将伴随这遗憾和悔恨。

人的一生能遇到一个自己喜欢的人不容易，更何况遇到自己喜欢，也喜欢自己的人，更是难上加难！

倘若遇到了，那就要好好珍惜，不要太作，也不要总是说些口是心非的话。

因为当一个人爱上你时，她就会变得很认真。你的情话他会当真，你的反话他更会当真。

所以，不要轻易说口是心非的话，因为你不知道爱着你的他在看到那句话时会有多着急，多绝望。

你要知道，那些话也许对你来说只是说说而已，可却入了他的心，因为他爱你呀。

所以，为了你们的爱，就不要再口是心非了。

我想有个知冷知热的男朋友

也许失望就是从这一刻开始，慢慢慢慢积累，直到彻底爆发。

“小欧，我想分手了。”

晚上，我正坐在沙发上玩游戏，突然就收到了阿婷的短信。

我难以置信地拿起手机又认真地看了遍短信。

确实是这几个字。

于是，我退出游戏，一个电话打了过去。

阿婷很快就接了起来，我隐隐听到她在电话那头啜泣。

阿婷说，她要分手，她觉得浩子并没有想象中的那么爱她。

听着阿婷断断续续的述说，我知道了事情的缘由。

昨天下大雨，阿婷忘记带伞，冒着雨回家，半夜就发起高烧。

她迷迷糊糊地摇醒浩子，跟他说自己很难受。可浩子幽幽醒来之后，呢喃了一句“干吗呀”，翻了个身就又睡了。

阿婷实在是难受得很，又叫醒了浩子。浩子眉头紧锁，不耐烦地说：“别闹了，我明天还要上班呢。”

阿婷委屈地说：“我不舒服，我发烧了。”

可浩子并没有就此惊醒，更别说认真细致地照顾阿婷。他念叨了句：“那你起来喝点开水吧。”然后，就没有然后了。

那一刻阿婷的心像是坠入冰窖，想不到在自己最需要照顾，最需要温暖的时刻，浩子却是这样的反应。

阿婷只好拖着摇摇欲坠的身子，自己起来倒开水，自己拧毛巾敷额头。

可是，病人最需要的就是休息呀。阿婷发热得厉害，不敢睡去，只好自己躺一会儿再弄湿毛巾，如此折腾了一夜，没合过眼，可浩子却打着呼噜直睡到天亮。

第二天，浩子临上班前才问阿婷怎么还不起床上班。

阿婷说不舒服发烧了。浩子撂了一句那要多喝水就走了。

听到这句话，阿婷的心像是又被凌迟了一遍。之后阿婷又眯了一会儿，才去医院。可即便后来退烧了，她也很难受，因为心难受。

阿婷等了一天都没有等来浩子关心的电话，然后她想了一天，终是做出了决定。她觉得浩子并不爱她，她要分手。

听着阿婷含泪的述说，我也替她感到一阵难受。想不到平日里看似对阿婷很好的浩子，却是这样。

阿婷说，其实浩子一开始就对自己不是很好，只是那时自己不想承认，也舍不得。于是，自己总是为他开脱，为他找理由。

但不爱你的人就是不爱你，不管再怎么自欺欺人，总有一天你都会意识到的。

阿婷说，刚开始和浩子在一起时，似乎他就不把自己放在心上。虽然她闹过，要他保证过。

但浩子只是在当下信誓旦旦，转个身就什么都忘了。

阿婷说有一次她去浩子的学校一起过中秋节，由于她不想去宾馆住，于是他俩决定在室内体育馆待一晚上。

在这之前，他俩都约定好了，要陪着对方到天亮。

然而，到了凌晨一两点的时候，浩子熬不住趴在课桌上睡着了。

阿婷从小就怕黑，浩子一睡，她的心就提到嗓子眼上了。可没人陪她讲话，不一会儿她也困了，但又不敢睡。

时间过得煎熬而又缓慢，期间她推醒过浩子，可浩子嘴上答应着不睡，不出一分钟又闭上了眼睛。

那一晚，阿婷就在战战兢兢中度过。第二天醒来，她生气地问浩子，为什么说话不算数，为什么都告诉他害怕了，他还是自顾自睡着呢。

浩子诚恳地认了错，阿婷最终还是原谅了他。

可浩子骨子里还是对阿婷不好，只是心软的阿婷，每次只要他一道歉，就软下心来原谅他。

其实，我知道，阿婷那么轻易原谅浩子只不过是因为她爱他，她不想他难受而已。可浩子却一次又一次地伤了阿婷的心。

阿婷说前不久的一个周末，她来例假了，肚子疼得要命，她央求浩子帮她去泡杯红糖水。

可浩子却像是黏在了电脑前，嘴上说着我玩完这局就去，却不见他动。

直到一个小时过去，阿婷也没有等到浩子泡的红糖水，她只好忍着痛意，自己起身去泡。

也许失望就是从这一刻开始，慢慢慢慢积累，直到彻底爆发。

阿婷趁浩子去上班，把自己的东西收拾妥当都寄回家，人也走了。

这一次，她是决心要离去了。

她说她在浩子身上得不到温暖，感受不到温情，分了也罢。

是的，很多女孩子对男朋友的要求其实都很简单。

你可以不用很高，也不必很帅，更无须很有钱。

但你一定要对我知冷知热。在我需要你的时候你能陪着我，在我生病的时候你能照顾我，在我害怕的时候你能保护我……

而不是眼里心里只有你自己，不顾我害怕，只管自己睡自己的；不顾我生病，只念着工资，也不在意我的身体健康与否；只想着自己开心，而不考虑我的感受……这样的你我不要，也不敢要！因为我只想交一个知冷知热的男朋友呀！

第四章

现实的不仅仅是生活，感情同样也是

我们还有什么理由不努力，
努力不仅仅是因为那些更好的，
而是为了有底气、
有能力去选择那些我们喜欢的！

你只有足够努力，才能与你喜欢的更相配

你只有足够努力，才能与你喜欢的更相配.

1

李熏喜欢的男孩是我们学校的风云人物。成绩好、外表靓，所以班上有一半的女生喜欢他。

李熏给他写过情书，甚至于当面表白过，但男孩还是拒绝了她。李熏并没有因此放弃，她和男孩还是以朋友的身份处着。

直到男孩牵上了别的女孩的手，李熏才醉醺醺地跑来问我："我有那么差吗，为什么我那么喜欢他，他却不喜欢我？"

其实李熏并不差，她面容清秀，性格也不错，唯一的缺点就是有点婴儿肥，成绩也一般。而男孩的女朋友却是一个高挑的人儿，成绩优秀，多才多艺。

李熏看着男孩牵着女朋友的手穿梭在校园里，整日郁郁寡欢。直到有一天，她突然打听到了男孩女朋友的所有信息。于是，她像是打了鸡血一样奔波在图书馆和社团之间。

她每天六点就起床跑步，晚饭过后又急匆匆地去健身馆。周末空余的时间也不再和我们一起逛街、刷剧，而是窝在图书馆里读书。

李熏在我们看不见的地方默默地改变着。直到元旦晚会，我们才发现她早已脱胎换骨，变得光芒万丈。

李熏的婴儿肥彻底没了，一双大眼更是能勾人，她穿着舞衣在五彩的灯光下绽放。

那一刻我们全宿舍的人都被她惊艳了，而男孩也注意到了李熏。

他第一次主动发消息给李熏说：“今晚的你，很美！”

李熏看着那条短信五味杂陈。她说那一刻她才知道原来是自己不够好，而不是他完全看不到自己的好。原来只有自己足够优秀，才有可能吸引到心里的那个人。

后来男孩和女朋友分手了。之后，他对李熏表示了好感，可到了那时李熏已经对他没有感觉了。

在李熏还只是个灰姑娘的时候，她对男孩只能仰望，可如今她足够优秀，足够动人，她不仅可以吸引到男孩，还可以拥抱更好的。

是呀，人总要努力一把，站到更高的山顶，才能看到更好的景色。

2

表姐大学刚毕业时就被家里逼着相亲，家里托人给她介绍了一个对象，有房有车，有工作，条件特好。

可那时表姐还没找着工作，而且也没什么特长，家里的条件也一般，这样好的男生怎么会看上她？

介绍人面露难色，“他就是模样差了点，其他都好……”表姐拿过照片一看，哪里是差了点，二十七八岁的年纪头发稀疏，还满脸痘痘。

表姐不肯去见面，可家里人却都说好，他爸还发怒说：“错过了这个，你以后肯定找不到这么好的。”

表姐委屈得直哭，跟我诉苦说她到底是有多差，才要让她嫁给那样的一个人。

其实，表姐一点儿都不差，性格开朗，模样清秀，当然不可避免地也有一些缺点，比如找工作不是那么积极，遇到困难容易退缩。

表姐说："我会努力的，努力证明给她们看，我值得更好的。"

从相亲事件之后，表姐就积极投身于找工作的队伍中。后来，她找了个服装店的导购员工作。

工作三年，工资由一开始的3000元升到了6000元；由员工做到了分店店长，到最后自己开店。这三年来的成长和进步用简简单单的几句话就可以讲完，但表姐的努力和拼搏却不止这几句话这么简单。

别人下班后可以美美地睡一觉或看剧放松放松，但表姐却在啃沟通和营销之类的书；周末别人计划着去哪玩，去哪逛街，表姐却在翻时尚杂志，学习如何进货等。

她的努力终有回报，三年后，表姐开了自己的第一家服装店，因为生意好，第二年又开了一家。

现在的她过上了幸福的生活，她的老公是她生意上的伙伴，帅气、温柔，又多金。

有一次，我和表姐谈起过往的那件事，表姐神色晦暗不明，她说："其实那个时候他们说得也没错，那个时候的我，的确只配得上那些。"

因为那时候的她还不够好，所以在别人眼中那么差的男生，配她却是刚刚好。

所以，别总是怪别人没有眼光，是你自己的问题。

3

有时候，现实的不仅仅是生活，感情同样也是。

当李熏不够优秀，不够耀眼时，她倒追男神，男神都不要；而当她变得足够优秀，足够光芒万丈时，男神却主动追上来。

当表姐资质平平，还不够好时，连家人都觉得她只能配那么差的男人；而当她能够独当一面时，对的人、对的生活接踵而来。

所以，我们还有什么理由不努力？**努力是为了有底气、有能力去选择那些我们喜欢的！**

生而为人，有幸来这世上走一遭，那么就让我们成就更好的自己，然后再遇见这世间最美的风景！

别把最坏的脾气，留给最爱你的人

别把最坏的脾气，留给最爱你的人。

因为你不知道在你转身的那一瞬间，他们的眼神有多黯然，心又有多痛！

“阿心，你看看自己都瘦成什么样了，晚上早点睡，你不是答应我不打字了吗？怎么又打，别以为我看不懂字，我都知道。”

每次回家，阿心的妈妈总是这么念叨。有时阿心会想妈妈也是为了自己好，唠叨就唠叨吧。可有时她的灵感被妈妈唠叨不见了，她就会发火。

比如此时，难得冒出一丝灵感，可又被妈妈的“紧箍咒”吓得魂飞魄散。

“不要说了，烦不烦呀，一直说！”阿心又懊恼又生气地嚷道。

她说这话的时候，仍然把头埋在手机屏幕上，并没有抬头看一眼心妈。所以她没有瞧见心妈那受伤的眼神。

心妈一句话也没说，便转身走出了房间，只是那背影怎么看，都有一种无奈而又心酸的感觉。

可阿心只顾捕捉那乍然一现的灵感，并未发现妈妈已经走出了房门。

阿心是一只“公号狗”，即便是放假休息，她每天想的事也是怎么写好文章，怎么排版好才能不辜负读者的信任。

晚上吃完饭，阿心又躲在房间里敲键盘。心妈心疼阿心放了假却还要在家里加班。殊不知，阿心那是乐在其中呀。

可是，很多时候不就是这样嘛，不管我们是真心热爱一件事，还是迫不得已去做一件事，我们为了它熬夜，为了它忘记吃饭，也许我们不觉得有什么，我们还年轻没有什么扛不住，可是身边最亲最近的人却会担心，为我们忧虑。

心妈切了一盘水果，在门口踌躇了许久，才敲响了房门。

阿心不耐烦的声音再次响起："你推门进来就可以了呀。"

心妈端着水果，推门而入，阿心这才抬头。

"放这里。"阿心指着身旁的一个空椅子说道。

"哎！"心妈的脸上立马扬起了一个灿烂的笑容。

看着妈妈由刚才的战战兢兢变成了此刻的笑容满面，阿心突然就感觉一阵心酸。

于是，她起身抱住了妈妈，她把头靠在妈妈的肩膀上，而心妈还是那副吃了蜜的模样，眼神里全是笑意。

出了社会，阿心越发懂得，真正对自己好的也就只有最亲最爱的父母了。

可自己却总是把最坏的脾气、最坏的一面展现给他们看。因为自己深知，父母是这世上唯一不会离开自己的人。不管我们再怎么伤他们的心，再不领他们的情，他们也不会弃我们而去。

"妈，等我发完文章和你说件事。"阿心在心里默默计划。

"好，那你忙。"心妈慈爱地看了一眼阿心，然后慢慢地掩上房门。

阿心把编辑好的文章检查了一遍，按了推送键就去找心妈了。她决定把剩余的时间分给爸妈，因为自己已经好久没有和他们一起好好聊聊天了。

在客厅里阿心没有找着妈妈，便问老爸："我妈呢？"

心爸手指着卧室的方向。

还未走进房间，就听得心妈的声音，她说："你和阿心好好说一说，她最近又瘦了，整天在打那个什么字，放假了也不好好休息。"

沉默了一会儿，又听得："嗯，你和她说，你是她姐姐，她应该会比较听你的话。我的话她不听。"心妈的语气有点酸涩。

听到这，门外的阿心早已泪溢满眶。她为自己过往的种种行为感到懊悔。

每一次自己总是把最坏的脾气、最伤人的话语指向最爱自己的人。

可是他们是关心自己，对自己好才会那么说的呀，自己怎么可以这么白眼狼。

阿心狠狠地掐了自己一把，然后抹了抹湿润的眼角，推门走到心妈的身前，一把把心妈抱住。

"你这孩子。"心妈嘴上这么说，却还是乖乖地让阿心抱着。

哪怕人间没有真情，你我依然要继续前行

人与人之间的情有时真的很凉薄，曾经的你们或许真的要好过，后来却因为一个误会，因为利益，所有的感情在一瞬之间分崩离析，甚至反目成仇。

1

实习期时，遇见一个同事，她很热情也很暖心。她会主动邀请我一起去吃饭，会教我一些我不懂的知识，我们一同下班互道再见……那是一段现在想来都觉得快乐美好的时光。

我是一个内向的人，我很少主动找别人聊天，当然更多的原因是觉得不投缘，所以在这个同事来之前，我在办公室里一直是个很安静的存在。

她的到来像是一股清泉浇灌了我心底的旱地，让我整个人都活了起来。我很喜欢与她相处，也很珍惜与她之间的友情。

我原以为我们会成为交心的同事和朋友。却不料，没过几天，她突然就对我横眉竖眼。

一开始我很纳闷，为什么她突然就这样了？直到主管把我叫去谈话，我才知道原来是有人把我和她的谈话拿去跟主管告密了。

她肯定以为我是告密的那个人，所以才像变了一个人。我盘算着吃饭的时候，叫上她，和她谈清楚，把误会解开。

可她拒绝了我的邀请，而我也不再强求。

我失望于她对我的不信任，失望于她甚至连证实一下都不愿意就将我“判刑”了。

你看，人与人之间的感情就是这么脆弱，曾经那么友好相处过的人，经别人一挑拨，所有的情谊都变成了讽刺。

2

这样的事真是太多太多了。初中的时候，我的同桌和一个男生恋爱了。

那个男生是我的小学同学，叫嘉，他给人的印象是斯文又老实。

当时那个年纪，只有长得帅或者成绩非常好的同学才是耀眼的存在，而嘉成绩一般，长相中等。

所以，当帅气的龙追求同桌时，同桌义无反顾地向嘉提出了分手。**嘉当然不同意，但一个人决心要走，不管你做什么，你都留不住她的。**

同桌的选择让我讶然，因为她可是在初三的特殊时期和嘉在一起的。她为了陪他聊天，天天拿着手机敲个不停，嘉送早餐给她时，她也总是红着脸接过去。我曾经听同桌说过，她真的真的很喜欢嘉。

然而，最终的最终她还是弃嘉而去了，这一切只不过是因为出现了一个比嘉帅气的男孩。

曾经的恩恩爱爱、曾经的甜言蜜语、曾经的脸红心跳，霎时间就变成了过眼云烟。

原来，变心不过是一瞬间，不喜欢也是一瞬间。

3

大学的时候，我们专业有一对很耀眼的朋友组合。说耀眼，是因为她们两个都很优秀。

我和舍友时常感叹，果然优秀的人吸引的还是同样优秀的人。

她们会一起去吃饭，一起去上课，甚至体育课考核，她们跑步也要肩并肩一起跑。

所以，她们一度是我们眼里的好伙伴，好组合。

后来我才知道，这一切不过是假象罢了。去年实习的时候，我和团支书在同一个地方，他八卦说，好多女生的友谊都是貌合神离。

比如，上面提到的那对组合。因为申请奖学金、助学金等需要经过团支书的手，自然的，他就很容易察觉。

那对组合在背后都是叫彼此为“她”，完全没有往日的亲昵。

原来表面上和和睦睦友好相待的人，撕开虚假的那一面，未必真心。

4

可是，因为这样我们就不再相信人间有真情了吗？

我想，大可不必。

当我们遭受冷遇或者背叛时，也许有那么一阵子会不再相信所谓的友情、爱情，会变得心灰意冷。

可是，亲爱的，别怀疑，人间自有真情在。

失去了那个同事的友情，我遇到了另一个同事，我们正在慢慢地熟悉，我们的友谊正在悄然建立。

同桌离开了嘉，嘉也遇到了真正爱他、他也爱的那个人，现在嘉已经有了一个小家庭，一家三口其乐融融。

大学的那对组合，她们各自都拥了好朋友，不会因为利益而显得貌合神离的真正交心的朋友。

所以，亲爱的，要相信这世间真情永存，你所经历的、看到的只是冰山一角而已。

今天的你失去了，后来的你才会懂得珍惜。

今天的你错交他人，以后的你才知道什么样的朋友值得交。

你所经历的，所遇见的，都是在教你，让你成为更好的自己，走更远的路。

5

我们这一生，寻寻觅觅，不过就是想寻得一些可以在失意时抱着互相取暖、在得意时可以举杯共庆的人。

有时我们会寻得这样的人，在我们需要时，给予我们关怀和爱，在我们颓废时鼓励我们站起来继续前进。

这些人或许只能够陪着我们走一程，但值得庆幸的是，在时光的砥砺下，会留下那些真正爱我们的人。

所以别再为他们的离去而伤心，也别再说这世上没有真情，因为离去是常态，留下来的才是真爱。

要知道人海茫茫，能遇见就是缘分，即便 ta 只能陪你走一程，你仍要心怀感激。想走的人，我们不必强留，想留的人也不必走。

愿你即使懂得了世间凉薄，依然能够继续前行，因为也许在下一刻时光就会赠予你一份岁月静好。

我爱你，可我不能陪着你醉生梦死

与其沉浸在过去的伤痛里沉沉浮浮千万遍，还不如摆脱醉生梦死的状态，选择面对现实。

1

前不久，在一个爱情栏目里看到过这样一个视频：男生和女生闹分手，因为女生特别爱喝酒。爱喝到什么程度？曾经喝到洗胃，喝到从楼梯上摔倒骨折，喝到闹跳楼，喝到用不明物把男友的胳膊割到流血……

男友一直包容着她，忍耐着她，但她却毫不收敛，仍然喝酒不停。于是，男生就提出了分手。但他也说，只要她肯戒酒，他就和她继续在一起。可女生不愿意，她说她酒也要，男友也要。

男生自然没答应，原因是除了女友喝酒闹腾外，还因为男生的前任因抑郁跳楼了，他不希望他现在的女友也这么闹，他已经有阴影了。可女生却坚持如此。

到了选择去留的时候，男生走了，台上只有女生一人。女生看不到男生的身影，她一下子就慌了，在台上泣不成声。

世界之大，这样的故事无时无刻不在发生。

2

我的姨父是一个喜好赌博喝酒的人。他喝酒是不分时间、场合。

有一次，他在公司里喝酒，喝得醉醺醺的，坐在座椅上就睡着了。老板来找他的时候，恰巧看见了他这副模样，之后就把他开除了。

于是，无所事事的姨父就更加清闲了。阿姨说，家里的开支大，孩子又要读书，她一个人挣的钱肯定不够，让他重新找一份工作。

可姨父却不愿意。不仅如此，他还管阿姨要钱。那钱是要给表妹、表姐读书的，怎么能让他拿去赌博、喝酒呢！

可姨父怎肯善罢甘休，阿姨不把钱给他，他就对她使用暴力。为了守住钱，为了免于被姨父再次欺打，阿姨只好暂住在外婆家。

几日之后，姨父提着水果、肉，诚恳地向阿姨道歉，说他会去找一份工作，不赌博，也不喝酒。

阿姨看他态度诚恳，又想到家里还有几个孩子要照顾，一时心软就答应了他的请求。

一开始，姨父还会象征性地出门找工作，后来就又变成了去小卖部拎几瓶酒，在家里喝得烂醉如泥。

没钱了，他又管阿姨要，阿姨不给，他又挥起了拳头。阿姨只好又回到外婆家。

这一次姨父没有求阿姨回家。后来，听说姨父生病了，但没有人愿意回去看他。

因为表姐和表妹也恨透了这个整日活在醉生梦死中的爸爸。她们觉得妈妈为了支撑这个家，已经很辛苦、很累了，可他不仅不体贴，反而对她拳脚相向，而且不知悔改。

自然的，姨父生病了，她们也不愿意管他。姨父沦落到这个境地，是因为什么？

不过是因为他不肯清醒努力地活着，他只想沉浸在酒囊中醉生梦死。醉了之后，又化身为一个暴力狂。

和这样的男人在一起，别说幸福，就连生活的希望都看不到。自然，人

人都想远离。

3

有一次坐车，经过红绿灯的时候，我看见一个穿着破旧的人站在花坛边缘痴痴傻傻地看着一个方向。

我原以为他应该是一个再普通不过的乞丐，不料，听售票员说，这个人曾经是某某中学的状元，高考落榜后人就疯了。

开车师傅叹了口气，说道，太可惜了。

售票员又说，刚开始，其实他是没疯的，但他整日把自己关在房间里喝酒，父母劝解也不听。然后，突然有一天他就疯了。从那以后，他就天天站在红绿灯路口看着一个方向，而那个方向有他向往的大学。

听了售票员阿姨这一席话，我唏嘘不已。**人有时候真的很脆弱，脆弱到一个看似重要的转折就能让他一蹶不振，甚至永远活在醉生梦死中。**

而这个男生，他连在醉生梦死中苟活都没有做到。因为他不愿意面对现实，他没有了重新再来的勇气，他沉浸在失败的阴影中无法自拔，他丧失了人生的无限可能性。

其实，我们每个人承受打击的能力都不同、都曾或轻或重地受过伤。但有的人能爬出沼泽，有的人却深陷其中。

所以，我希望我们都能坚强一点，勇敢一点。**失败了，痛了，难过了，我们就坐在坑里痛哭流涕，自己舔舐伤口，但我们不能被负面情绪压倒，不能永久地沉溺其中，不愿站起来。**

我们要相信，未来还很长，远方还有很多可能性，不能因为一次失败就将所有的美好葬送其中。

4

节目最后出现了转折。

女生在台上哭喊着说她愿意戒酒，愿意为他改变，只要他回来。突然，男生就从观众席走向了台上，他热烈地拥抱了女生，他说你现在当着观众的面，保证不喝酒。

女生照做，之后主持人还刻意拿酒给女生喝，女生果断地拒绝了。

在节目中间的时候，主持人曾问女生为什么要喝那么多酒。

女生说她在爱情里受过伤，**曾经她把最好的时光，对爱情最好的憧憬都寄托在了初恋身上。然而初恋却劈腿了，于是她就一蹶不振。**

从那以后，她就需要用酒精来麻痹自己。她说在酒入口的那一瞬间很爽，整个人轻飘飘的，她喜欢那样的感觉。

我知道她一定是受了很深很深的伤，才会那么刻骨铭心，才需要用酒精来麻痹自己。

可是，要一直那样吗？**难道还要把曾经受过的伤带到另一段感情里？**

倘若是的话，那她永远都不会幸福，也不配得到幸福。因为她拿着过去的伤，去伤害现在爱着她的那个人。

好在，她没有选择妥协，**她最终选择了面对，选择了清醒，选择了与过去说再见。**

是的，与其沉浸在过去的伤痛里沉沉浮浮千万遍，还不如摆脱醉生梦死的状态，选择面对现实。

唯有这样，我们才能把握住对的人，才能留住自己的幸福，才能走向更远的明天。

傻瓜，你再伤害自己，他也不会心疼的

你总以为，伤害了自己就能够让ta心疼。可是，傻瓜，不会的，ta不会心疼，因为对ta来说，你已经不重要了。

和陈在一起的时候我非常缺乏安全感，因为他总是和一个玩得很好的女生搞暧昧，所以我很不开心，也很不安。

在我的强烈要求下，陈答应我不主动和那个女生联系，然而在一次课上我登上了陈的QQ号，发现他和那个女生聊得很是火热。

那一刻的心情该如何形容呢？就像是寒冷的冬天，你在屋里烤火，甚是温暖，可突然有一盆冷水向着你的头浇了过来，你的眉眼霎时结冰，心更是碎了一地。

那一节课我恍恍惚惚的，如坐针毡，老师的话变成了嗡嗡嗡的响声，那一节课是我有生以来觉得最漫长的一节课。

终于熬到下课，我急匆匆地往宿舍走去，舍友问我不去吃饭吗，我这才回过神来，还有吃饭这回事。

可是，当时的我竟一丝饿意也没有，想起吃饭更是一点胃口也提不起来。

我几乎是跑着回宿舍的，一到宿舍我就掏出手机拨打了陈的电话，我问他，为什么要骗我。

相对于我的歇斯底里，他则云淡风轻得很，他说，我只是觉得

那张图长得很像她，就发给她了。

所以，他根本不把答应我的事放在心上，所以他根本不在意我会不会难过，所以他根本就不爱我。

这个认知以及他对承诺的随意违背让我难以接受甚至歇斯底里。

我带着哭腔一次又一次地质问，为什么？为什么我那么相信你，你要欺骗我？为什么有了女朋友你还要和别人暧昧……

可是回应我的却是他的沉默，我抑制不住地往门上挥了一拳。

那声音响彻宿舍，可我却一点都不觉得疼，因为那一刻我的心早已痛得无法自抑。

我知道他是不会心疼的，因为痛在我心，伤在我身，他再也不是那个怕我哭泣，怕我伤心的人了。

我的歇斯底里，我的眼泪，我的心痛于他无关，甚至令他感到厌恶。即便后来我们和好了，我把那次的事告诉他。他也只是敷衍地说了一句“好吧”，然后就没有然后了。

一句“好吧”就像是冬日里凛冽的寒风化作了一把刀刺向我的心口，血淋淋又赤裸裸。

我满腔的爱意霎时像是被冻僵了一样，于是我懂了，不管我是哭，还是笑，我是难过，还是伤心，他都不会在乎，因为他不爱我了。这就是事实，不管我接受与否，它就摆在那里。再后来的后来，我和陈分手了，因为一个人的爱太难了，得不到回应的心会凉。

从那以后我告诉自己，往后千万不要爱得太满，更不要企图用伤害来挽回那颗不再心疼我的心。

因为他不值得，你也不应该对自己那么残忍。

这是一个疼痛的故事，现在说出来我仍觉得难受，但是我希望我们都能在往后的恋情里爱自己多一点，不要用伤害自己去卑微地换取他的一丝心疼。

要知道不爱你的人是没有心的，他不会心疼，更不会内疚。

可是，这世上真的有太多像我一样，爱得轰轰烈烈，到最后却也伤得彻彻底底的女孩。

想起初中的时候，班上有一个同学，她和隔壁班的男生恋爱了。后来不知道为什么，男生提出了分手，从此她就一蹶不振。

她白天睡觉，晚上喝酒，甚至为了证明她对他的一片深情和念念不忘，她竟然用小刀，在自己的手臂上刻上男生的名字。

血淋淋的手臂，一笔一画地咬牙忍耐，看起来很深情吧。

可是我想说为了一个不爱你的人伤害自己，那真的是傻透了！

你以为他会心疼，不会的，他不爱了，他连看你一眼都不愿意。所以亲爱的，你要爱惜你自己呀。

见过更偏激的，为了爱情寻死觅活。没了他，好像自己就不能活了。

可是在他没有出现的日子里，你不也该吃吃，该喝喝吗？而现在你竟然要为了一个不爱你的人不要命了，你对得起自己？对得起生你养你的父母吗？

以前的他不会回来了，他再也不会因为一点小事就为你紧张，不会因为你落泪而心疼，就算你流干了眼泪，心痛得要死，他也不会理你了。

因为，你不再是他胸口上的朱砂，你只是他衣领上的一颗米粒。

所以，你要学会看清事实，不珍惜就是不珍惜，不爱了就是不爱了。

没了他，你要照样活得风生水起。因为你失去的不过是一个不爱你的人，你只有把对的位置空出来，才能遇上对的人。

所以，亲爱的，不要爱得太满，更不要伤害自己，你值得更好的！

对不起，我一点都不感动

要相信，这世上没有什么人，值得你抛弃生命。

人的生命只有一次，可有些人却总想把自己的生命寄托在别人身上。

于别人来说，这是一个沉重的负担，于 ta 自己而言，这是一件愚蠢至极的事。

阿煌是我的初中同学，在我的印象中，他是一个比较好玩又不爱学习的男同学。

同学们给他取了个绰号，叫作“和尚”。一开始我很不解，阿煌长得还算清秀，为什么要给他取这么难听的绰号。

后来我才听同学说，阿煌是一个孤儿，由和尚收养，所以大家就叫他“和尚”。

也许就是因为在这种缺爱的背景下长大，阿煌很渴望能拥有一个可以给予他温暖，能够给他家的感觉的女朋友。

所以，当他遇见了她时，他爱得无比认真和投入，在她要离开时，他不惜一切手段想要留住她。

可是，他用极端的方式并没有挽回什么，却让他的师父和朋友们担心，而他自己也跟着受苦受难。

因为阿煌不爱学习，所以他并没有念高中。他带着师父给他的钱，只身一人去北京学习手艺。

陌生的城市、陌生的同学，让阿煌更加渴望和期待遇见心目中的她。

也许上天听到了阿煌的祈求，不久，阿煌就遇到了心动的她。阿煌费了好一番力气才追到心目中的女神。

阿煌把女朋友捧在手心里疼，他给她买新手机，带她出去玩，陪她吃遍好吃的。

种种行为，都在表明阿煌有多宠爱女朋友！

有一天，阿煌突然一改往日的甜蜜，发了一条朋友圈说，你回来吧，我不能没有你。你知道的，你是我的全部。

我问他说，怎么了。

阿煌随即给我发了消息，他说，阿馨跟我提分手了。我一直挽留，她还是要分，我想死的心都有了。

看到最后一句，我的心蓦地一跳。那是一句多么沉重的话。

我说，你先冷静冷静，好好沟通，不要太心急。

过了几天，小两口应该是和好了，阿煌又重新秀起了恩爱。

这样的状态一直持续了两年。都说，随着时间的流逝，爱情的激情都会随着时间而褪去，可时光老人像是对阿煌失了效一样，依然不改他浓烈的爱意和热忱。

直到第三年，我再也没有在朋友圈看过阿煌的动态。

后来，我才从朋友那得知，原来阿煌和女朋友分手了。那时，他为了挽回女朋友，在宿舍割腕自杀。

幸好回来拿书的同学发现了，及时将他送到医院才没有酿成悲剧。

但因为阿煌的那一刀割得太深，所以他的手腕以后都不能太用力。

听到这个消息时，我无比震惊。我难以想象，一个人真的会因为失去爱情，就把自己的命视为草芥。

我更加难以想象，他是有多狠，才能对自己下得了手。

当时，我问自己，你会为挽回一个人而结束自己的生命吗？

我使劲地摇了摇头。生命只有一次呀，怎么可以就这样轻而易举地结束呢？

是的，我舍不得这个世界，舍不得所有，我要好好地活着，即便生活十有八九不如意。

朋友把这消息告诉我时，还赞叹说，阿煌太痴情，太令人感动了。而那女的就太过无情，怎么可以辜负这样深情款款的阿煌呢？

这些话惊得我下巴都快掉了。这样的痴情只能说是愚痴罢了，将自己的生命作为留住他人的筹码，是对自己的不负责，对家人的不负责，更是对生命的不尊重。

很抱歉，这样的“深情”，我一点都不感动，反而觉得悲凉。

我为阿煌把自己全部赌在这份爱情上感到悲凉，为他为了挽留住她，如此不珍惜自己的生命感到悲凉。

人活一世，都还没有好好开始，怎么可以就此谢幕呢？还是为了一个不爱自己的人！

阿煌的所作所为我一点都不感动。谈恋爱本来就是一件有风险的事，当下的你们还爱着，可以把情话说遍，把誓言许遍。

但一旦有一方不爱了，你们说过的承诺、甜言蜜语，只要一个转身就能轰然倒塌。所以，你必须要有承担风险的准备。

爱就好好爱，不爱了，就好好告别，千万不要用愚蠢的方式把自己弄得遍体鳞伤。

而且用自己的生命去威胁别人，除了自我感动外，没有人会觉得感动。

生命太过沉重了，当你把自己的命压在一个人身上时，她不会觉得快乐，也不会觉得幸福。

相反，她可能会想着逃离，因为没有人能承受得住另一个人的生命。

所以，求求你，不要再以伤害自己为筹码去挽留一个人。

因为，不值得，也不感人！

这件事都不肯做，还敢说爱你？

只想着自己舒爽的男人，你真以为他爱你？！

隔壁邻居家的女儿阿蝶突然从外地回来了。要知道，以前她都是过年时才回，因为每回一趟都要花上上百块钱。

我向阿姨一问才知道，原来她是在外面被男人骗了。

阿蝶跟随自己的老乡一起在一个厂子做手工，后来老乡回来了，阿蝶还在那工作。

也许独在异乡，总想要找一个依靠，又或者情窦初开，她恋上了工厂里的一个男孩。

男孩挺懂女人心的，每次下班后会带阿蝶去看电影，或者请她去肯德基之类的地方吃快餐，再在生活细节上多关心她一下，阿蝶就完全沦陷了，简直毫无招架之力。

男孩哄骗阿蝶一起住，但他保证绝对不会动手动脚。被爱冲昏头脑的阿蝶信以为真，第二天就搬了进去。

而噩梦也是从那一天开始，举双手发誓的男孩当晚就翻上了阿蝶的床。阿蝶拒绝，他就用冷漠的背对着她。

再之后他一直如此，对阿蝶爱搭不理。初涉爱恋的阿蝶不知如何是好，只好妥协。

阿蝶怕怀孕，让男友带套，可他却不肯。好在每次月经都会如期而至，阿蝶也就不以为然。

然而，就是抱着这样的侥幸心理，阿蝶终是怀孕了。得知这个消息后，她立马告诉男友，男友却只是冷冷地问，你打算怎么办？

搞得这个孩子好像是阿蝶自己造出来，和他一点关系都没有一样。

阿蝶看男友这个态度，知道他不愿意担当负责。于是，只好跑回来。是呀，在外无依无靠，男朋友又那么渣，只能回家了。

之后阿姨陪阿蝶一起去医院做了手术，阿蝶在家里休养了一个月。

我和阿姨都不同意阿蝶继续去那个地方工作，可阿蝶脾气硬得很，说什么也要去。

没办法，我只能劝告她不要再和那个没有担当、只想着自己爽的男人在一起了。他根本就不爱她，只是和她玩玩而已。

阿蝶也点头答应。然而，有好几次我打电话给阿蝶，却是一个男生接起。我知道，阿蝶还是回去找他了。

可是渣男就是渣男，和他在一起是不可能有好结果的。果然，不久之后一个女孩又闹上来，说她怀了男孩的孩子。

而这一次男孩依旧选择逃避，更可怕的是他竟然乞求阿蝶去照顾女孩。

阿蝶再傻也有个底线，她知道男孩根本就不配谈爱，不配做人。当天，她请了假就立马搬了出去，与他断了往来。

似乎爱情里总是盛产傻姑娘，尤其是第一次谈恋爱的傻姑娘。明明男生的行为已经很明显地表明了他不爱你，他只想着自己，可傻姑娘就是不愿意承认，不愿意回头。

直到撞了南墙，知道痛了，才肯承认他是真的不爱自己，是真的不把自己当回事。

可是，等到懂得的那一天，却也付出了惨痛的代价。她不仅错付了感情，连第一次也没了，甚至可能还要遭受躺在手术台上的疼痛和难堪。

这代价，何其大！

当然，傻姑娘是有，**但看得通透，拿得起、放得下的女孩也有。**

娟子就是其中之一。

当初，娟子的男朋友要和娟子发生关系，娟子强烈要求男朋友带套。男朋友不肯，他哄道：哪有那么容易怀孕，要是那么容易怀，那还不如去买彩票呢。再说，就算怀孕，我也会负责的。

娟子看着男朋友充满情欲的眼神，有点儿心冷。但她依旧坚持，她说不戴套，就不要做了。

男朋友上一秒还耐心哄着的脸，下一秒就变了。他说，就你事儿多，我以前交的女朋友也没有你那么多要求。

这话一出口，娟子也翻脸了。她说，那你去找你的前女友呀。

娟子从来没有想过，男朋友竟然会这么自私，还这么恶心地拿自己和前女友对比。

其实，娟子的这一措施也只是想要保护自己罢了，毕竟他们还没结婚，还没有能力负担一个新生命的到来。

即便这个新生命到来的机会可能微乎其微，但谁知道呢，总要为自己考虑一番。

可她男朋友却自私得无敌，因为这个摆脸色，甚至拿出前女友与娟子对比。

这样的男友是把欲排在了人前头，说到底他考虑的只是自己，想要自己爽了再说，才不管别人的死活。

娟子之后就和男友提了分手，他也同意了。然而，没过几天，他又回头请求复合，他说他会改的，以后再也不因此生气。

看得通透的娟子自然没有答应。她知道这样的男人，永远把自己摆在第一，永远都是自私的，所谓的改变不过是一时的服软而已。

我和朋友们都说娟子甩得漂亮，甩得洒脱。

对呀，对于这样的渣男，还有什么可眷恋的，他的丑陋面容真不值得你留恋。

爱你的男人应当是怎样的？一万个人有一万个说法。但是，我知道，只想着自己舒爽，却不肯为你考虑一分的人，是真的不爱你。

爱应该是这样的，他会为你考虑，会保护你，会怕你受伤，会心疼你，会尊重你……

而不是，因为你拒绝发生关系，就和你摆脸色，等你怀孕后，却又逃避责任，连送你去打胎、照顾你都不敢。

这样的爱该是有多肤浅，多廉价。

所以，姑娘，别轻易信他的话，别轻易上他的床，别轻易赌上自己的一切。

这些美好的、珍贵的东西，你要留给那个对的人。

听说，你想随便找个人嫁了

路是你自己的，生活也是你在过，酸甜苦辣也是你在体验。所以，你必须要慎重对待你的每一个决定，要坚持自己所坚持的。

阿乐失恋了，男生只留了一句“不合适”，就从她的世界里消失了。

阿乐不甘心，她抓着手机，给他所有的社交软件留言，但他就是不现身。

阿乐歇斯底里地问我，为什么他要分手？以前都合适为什么现在突然就不合适？

阿乐由一开始的不甘心，变成了赌气。她在社交软件上晒和别的男生暧昧的聊天记录。她试图以此来激怒前任，让他知道她也是有人追的。

但明显，阿乐的前任并不在乎，因为他并没有找阿乐。

原以为阿乐知道这招无效就会消停。然而不久之后，她又在朋友圈里晒出了一张和男生的合照，合照上边还配着几行文字，她说，这是我的新男友。

看到阿乐这么自暴自弃，我立马打了一个电话过去。我说，你是不是疯了，才刚分手就又谈。你这么赌气，是对自己不负责，也是对别人不负责。

阿乐无所谓地说，你别管我，我知道自己在做什么。

那时的阿乐在和自己赌气，和前任赌气，我的话她根本就听不进去。

于是，她带着前任给的伤，匆匆开始了一段新的恋情。但其实，我知道阿乐根本就不喜欢那个男生，倘若喜欢，早在他以前追求她的时候她就答应了。

阿乐不过是在赌气，是在逞一时之快罢了。等她平复下来，她一定会为自己的鲁莽后悔。

果然，才过了一周，阿乐就很苦恼地说，她不喜欢那个男生，她只是为了气前任而已。

我说，那你就和男生讲清楚啊，一直拖着也不是办法。

阿乐只好向男生道了歉。好在，男生知道阿乐只是赌气，并没有怪罪她，但两人的关系就变得有点尴尬。

很多女孩在赌气的时候，往往都会做一些不理智的事。殊不知，这是对自己不负责，也是对他人不负责。

赌气并不是解决问题的办法，相反只会把事情搞砸。

《匆匆那年》里的方茴因为陈寻移情别恋，便选择了堕落，和一个很垃圾的男生做爱，并且因此怀孕了。

于是流言四起，方茴无法再在学校里待下去。于是，她去了澳大利亚，远离了那片令她伤心的土地。

但曾经的创伤却无法抹去。她因为伤心，因为失恋，就选择随便将自己供了出去，这是一件无比荒唐的事。

赌气可以，但不要失去理智，不要让自己受更多的伤，不要将自己推入深渊。

有些决定，有些事，做了就没有回头路。到时候，再后悔，也没有用。

所以，姑娘，我们必须要对自己负责。没有别人爱，没有依靠，就自己爱自己，自己做自己的依靠。

路是你自己的，生活也是你在过，酸甜苦辣也是你在体验。所以，你必须要慎重对待你的每一个决定，要坚持自己所坚持的。

30 岁，在我们家乡已经算是大龄了。所以，老张的父母很替她着急，怕她以后嫁不出去。

但老张觉得30岁没结婚的人多了去了，所以她并不着急。对于父母安排的相亲，也是不紧不慢地走过场。

直到有一次，一个相亲对象问她，你都30岁了，怎么还没嫁出去？老张便开始着急了，她觉得30岁可能真的挺老了，父母又一直给她压力，老张恨不得立马结婚。

年前的时候，她相了一个条件很不错的男人，她爸妈劝她不要太挑，错过了就找不到这么好的了。老张也觉得这个对象还不赖，但又觉得差了点什么。

耐不住七大姑八大姨的夸赞，老张差点就答应了。还好，经过一夜反复思虑，她还是拒绝了。

也幸亏她拒绝了，不然她怎么遇见现在这般疼爱她的老公呢？

但又有几个人敢像老张那样顶住压力，顶住“条件不错”的诱惑，坚持遇见爱情呢？

身边的人更多的是找个条件差不多的男人就随便嫁了。到了婚后才后悔，要是当初不那么随意就好了。可是到那时，说什么都晚了。

女人这一生的幸福，很大一部分在于看她遇见了怎么样的一个人，又做了怎样的一个决定。

倘若遇见了真心爱她的人，又做了一个正确的决定，那她的生活必定不会太差。

相反，因为感情受挫，因为身边的流言蜚语，因为外界的压力，就选择了赌气，选择了妥协，选择了随意，那她势必要伤人伤己。

所以，女生们，你要时刻谨记，你可以赌气，但决不做不理智、伤害他人伤害自己的事。

同时，你要懂得你的每一个决定都会影响你的一生，所以要慎重，不要随意。

是不是第一次，有那么重要吗？

是不是第一次，从来都不重要，重要的是你是不是真爱她。

1

前几天朋友聚会，不知为何突然就聊到了女生第一次这个话题。

阿婷问男生们，你们会在意女生的第一次吗？

阿昆说，他不在意。只要她现在喜欢的人是自己，而他也喜欢她，就不在意。

阿昆和女朋友是校园恋情，他们在大一时就认识了。而在阿昆刚开始追求女生时，女生就告诉阿昆，她已经没有第一次了。

听到这句话时，阿昆的内心纠结了一下。当然，他纠结的并不是女友已经没了第一次，而是心疼她，**付出了那么多，男生却不珍惜她。**

阿昆说，我不在乎，我喜欢的是你，又不是那层膜。他依然追求女生，最后女生就成了他的女友。

毕业后，阿昆和女友也没有像众多情侣一样劳燕分飞，而是紧紧地牵着彼此的手。

阿昆说，如果彼此父母都同意，他会娶她的。

在这个直男癌如此之多的世界里，有一个人不以“你没了第一次就不纯洁”“你已经不完整了”的言论来决定自己要不要继续追求一个人，这就很好地说明了他是真的爱。

因为爱，所以他能包容尊重你的过去；因为爱，所以他不在意那层膜，他要的是你这个人；因为爱，所以他第一反应是心疼，而不是嫌弃。

2

然而，并不是所有的男生都这样。

说说另一对情侣吧。

男生和女生发生关系后，女生并没有落红，男生就质问女生说，你是不是把第一次给了别人？

女生解释说，并没有，她也不知道自己为什么不会落红。

但男生显然不相信她，用冷漠的背竖立起了一道高墙。

想象中的温暖怀抱、耳边的你侬我侬都没有，**有的只是尖锐的怀疑和冷漠的心**，女生的心霎时冷得彻底。

那晚之后，男生像是蒸发了一样，电话不接，短信不回，连一句分手都懒得说。

但女生不甘心，她去他的宿舍堵他，然而见到他的第一眼，她就后悔了。

因为她看到的是一副嫌弃和恨不得远远躲开的面孔。往日的深情、体贴、用心都成了笑话。

男生说，你别再找我了，我不能接受一个不单纯的女生，那会让我觉得自己也很脏。

女生狠狠地甩了他一个巴掌就走了。

她从来没有想过爱情会这么脆弱，脆弱到败在“第一次”身上，而且还是一个莫须有的“第一次”。

但就算再痛，再难过，她也打心里庆幸自己及时知道了他的不好，而不是等婚后。

现在，一切都还来得及。

这样的男生很可悲，**因为自己的臆断，失去了一个那么爱他的人，失去了那么一段深情的爱恋。**

不过，也幸好失去了，因为他不配。

3

陈波说，曾经的他也会介意，直到遇见了那个人，所有的条条框框自动消散。

是呀，陈波在找女朋友之前说过，他必须是女生的初恋，她的第一次也必须属于他。如果其中任何一条不符合，那他绝不会和她在一起。

我和其他朋友都说他直男癌太严重了。当然，对于他这样的要求我们也没有多加干涉，毕竟个人有个人的选择。

然而，陈波之后选择的女友却让我们大跌眼镜。因为，他选的那个人可是学校里的风云人物，不仅没了初恋，而且初夜也没了。

朋友刀刀“嘲笑”陈波说，曾经你的那些条条框框呢，你的那些必须呢？咋一个都没了？

陈波骂了句“去你的”，随即一脸认真地说，不知道，以前没谈恋爱的时候，会在心里给她设定很多条件。可是，等到遇见她的那一天，却早已顾不上那些，只想着只要是她就好了。我愿意包容她的过去，只要她的现在属于我就好。

我们集体调侃陈波说，直男也变得弯了。

其实，每个男生都曾在脑海里设想过未来的那个她。他说，未来的她要留波浪卷的大长发，身材不能太胖，也不能太瘦……

可是，等到后来遇见了她，才发现不管曾经自己怎样设想，不管现在拥有的她和脑海里的她差别有多大，但爱上了就是爱上了。

只要能拥有，才管不了那么多呢。

4

然而，现实中仍然有很多男生觉得女生把第一次献给了自己以外的人就是“不自爱”。

可我想说，**就算她把第一次给你了，那你能保证你会永远爱她，牵着她的手走进婚姻的殿堂里么？**

倘若不能，那就别说她“不自爱，不纯洁了”。

这世上，除了那些爱玩的女孩以外，没有哪个女生会随意把第一次交给一个人。如果有，那也是因为爱，因为深爱，所以心甘情愿。

但在她做决定的那一刻她一定比谁都怕，怕未来陪在她身边的那个人不是此时此刻说爱她的那个；怕你得到了就不再珍惜；怕自己错付一往深情。

尽管这么怕，尽管有很多的不确定，但因为爱，她还是选择了相信。然而，爱与不爱就在一瞬间，后来她还是被辜负了。

但这并不代表她随便，只能说她遇人不淑。

如果可以，哪个女孩不想谈一段永不分手的恋爱，不想陪在自己身边的人永远不变？

可是，这世上有人被深爱，就有人被辜负。

5

爱，是个很微妙的东西。它会让原本奢求“十全十美”的人，突然学会了包容，学会了尊重；它会让原本心肠很硬的人，突然变得柔软，变得会心疼人……

爱，就是这么有魔力。

真正爱一个人才不会因为她没了“第一次”就嫌弃她，甚至用言语侮辱她。**真正的爱应当是容纳她的过去，尊重她的曾经，珍惜她的现在。**

如若不然，那就不是真正的爱，而是冲动和占有欲在作祟。

所以是不是第一次，从来都不重要，重要的是你是不是真爱她。

真爱是容纳，是接受，不爱，连一点小瑕疵都能成为压死你们爱情的最后一根稻草。

有些人消失在你的全世界里，却仍活在你的心里

有些人，你和 ta 只有一面之缘，甚至于从未相恋，但你看到 ta 的第一眼，你就输了，输得一塌糊涂。

1

阿夜问我，你还会想他吗？

我对着这个问题发了很久的呆，才说不会呀。

怎么会，一切早已成了过去，怎么还会想他。

阿夜说，她还想呀，不经意地总是会想到他。

走在曾经一起走过的路，会突然想起他；吃着曾经一起吃过的食物，也会想起他；听到一句他曾经说过的话，他的身影又会爬上心头；甚至于看见一个类似于他的背影，也会偷偷想念。

可是，他已经不在她的世界里了，但他却仍旧不依不饶地占据着她的心。

阿夜说，在深夜里，她尤为想他。想着他们初次见面的美好，想着曾经的悸动，想着他对她的好……那种感觉缱绻而又缠绵。

我说，他都负了你，你还想他干吗？你不恨他吗？

阿夜叹了口气，说，不恨呀，现在脑海里有的只是过往的美好回忆。

只是她再也没有资格联系他了，更不能肆无忌惮地对他说，她想他。

因为他走了，他不爱了，他投向了别的女人的怀抱。

她已然失去了爱，又怎么能再没有尊严？他说对不起，她又能怎样。

毕竟，你永远留不住一个不爱你的人，你能做的就是放手。

但她没有办法做到如他一样薄情，说忘记就忘记，说不爱就不爱。

是呀，当爱情红线的那一头有一个人选择了放手，那个还紧紧抓着线的人就注定要受伤。因为她爱得多，爱得深。

但即便如此，很多人仍然选择深爱着那个人，尽管 ta 已经离 ta 而去，但那个人却仍旧活在 ta 的心里，并时常将 ta 忆起。

2

阿夜问我的问题，我并没有说实话。其实，在无人惊扰的深夜里，我也会想他。

和他的初次见面很偶然，是在一个朋友的婚礼上。我被他的气质和特别所吸引，但我向来胆小，又怎敢轻易搭讪。

而这，后来也成了我最后悔也最痛恨的一点。我时常想，如果，如果我勇敢一点，或许现在我们就会有交集，或许还能够相谈甚欢……

可是，这世上哪有什么如果，有的只是后果和结果。我和他就像是共赴一场盛宴的宾客，当落下帷幕之时，也是我们离别的时候。

我们只是彼此的过客，擦肩而过后，就消失在彼此的世界里。

我从来没有想过，我会对一个完全不了解、只有一面之缘的人动心。所以，我不曾勇敢，所以在日后的日子里我只能凭借着那些许回忆，想念他。

我真后悔，后悔自己的不勇敢，后悔自己就这样白白错失了机会。可是在我选择懦弱的那一刻，就注定了这样的结果。

有些人，你和 ta 只有一面之缘，从未相恋，但你看到 ta 的第一眼，你就输了，输得一塌糊涂。

从那以后，那个人的身影总是会撞入你的脑海里，而你也总是偷偷把 ta 想念。

或许你不想的，但就是无法控制，不经意地，ta 就会出现在你的心头，然后，不知不觉过了一天又一天。

爱情或许就是这么神奇，即便你们只有一面之缘，没有过多交集，但心动了就是心动了，你逃不开的，即便 ta 消失在你的世界里，但却仍旧占据着你的心，让你为 ta 神魂颠倒，思念如狂。

3

后来，关于这个问题，我又得到了许多答案。

阿凯说，他就不曾忘记过阿丽，那么又谈何想起。

阿凯和阿丽是校园情侣，他们从大一牵手到大四，两个人一直都是恩恩爱爱，是大众眼里的模范情侣。

我们一直理所当然地认为，阿凯一定会和阿丽在一起，毕竟他们的恋情那么美满，那么顺畅，如果这都不能在一起就天理难容了。

就在我们都以为他们会携手走进婚姻殿堂的时候，他们却分手了。

那么猝不及防，那么令人难以置信。

在他们宣布分手的前一刻，他们的恋情依然纯洁，没有第三者，没有背叛，更不是因为不爱。

一切都是因为现实。阿丽的家境并不好，爸爸是农民，妈妈身体又差，下面还有两个弟弟妹妹要读书。

阿凯家的条件好一些，但绝对谈不上富裕。

所以，两家的父母都不同意这桩婚事，阿丽的爸爸说，阿凯条件太一般了，而阿凯的父母也嫌弃阿丽家包袱太多。

因为现实，他们分开了。

但阿凯还是不能忘记阿丽，他拒绝了父母给他安排的相亲，只是傻傻地等待着。

只是，前不久听说阿丽订婚了，订婚的对象我们都不认识，貌似是个富二代。

或许有一天，阿凯也会选择一个人娶了吧。只是现在，他仍然爱着阿丽，念着阿丽。

尽管她不再属于他，尽管她已经离开了他的世界，但她却仍旧活在他的心里。

不能忘，忘不掉，心心念念。

这世上最可惜的莫过于原本相爱的两个人却因为现实而被迫分离。

一个人能够选择重新出发，而另一个却不能够，他仍旧守候在原地痴痴地等着，忍受着错失爱人之痛，思念之苦。

4

或许你们曾经深深地相爱过，但后来他选择了半路退场，他说对不起，我不能陪你了，因为他有更想要陪的人。

你痛，你一万个不愿意，你不想放他走，但他不爱了，你只好故作坚强，你说，恰好呀，我也不爱了。

你在撒谎，你的笑脸，你的无所谓，在他转身的那一刻全垮了。你流下了不舍的眼泪，你瞒着他，偷偷地继续爱着他。

又或许你们不曾相爱，更无从谈起相恋，但你却对 ta 甚是熟悉，可你们明明只有一面之缘。

后来，你知道了，你只是习惯想起 ta，习惯去回忆 ta 的一点一滴，习惯去想念 ta 的音容笑貌。

于是，你像是和 ta 熟识了无数次，当 ta 出现在脑海里，满满的都是熟悉感。

再或者你们分开了，却仍旧深爱着彼此。

你们想要改写结局，想要像过去那样拥抱着彼此，想要靠近对方，但你们不能，因为现实不容许你们这样。

于是，你只能拥抱回忆，拥抱你们曾经的一点一滴，拥抱过去信誓旦旦说要在一起的决心。

5

爱情从来不容易。

当有的人从你的全世界里消失了，却仍旧深刻地活在你心里。

茫茫人海，总有一人在等你

茫茫人海，谢谢你一直等我。

他从口袋里摸出一根烟娴熟地点燃，然后把它架在烟灰缸上，一双眼睛紧紧地盯着它。腾绕的烟雾，把他的记忆拉回到两年前。

那时他还是个血气方刚的大学生，跟着舍友抽烟、打游戏，大学生活过得好不颓废。

后来偶然的一次机会，他进了系里的一个部门。那天他竟穿得出奇的整洁，一件格子衬衫，一条休闲裤，清秀中透露着一丝帅气。

他和舍友推推搡搡地来到部门，在进门的那一瞬间，他撞倒了一个女生。

他嬉笑着说："sorry 哦。"一点道歉的诚意都没有。

女生抬头，双眼狠狠地瞪着他。也许是她的眼神太过凶悍，他竟感到有一丝怯意。

他以为等会面试她应该会百般刁难，却不料竟很顺利地通过了。

后来他才知道他高兴得太早了，因为之后他一直被她"罩"着。

她总是命令他做事，比如打印材料，比如购买物品又比如通知其他社员开会。一开始，他以为大家都是分工合作，后来他才知道他一个人承担了社里大部分的事。

有一次他问她，你怎么总是吩咐我做事？是不是暗恋我，趁机和我联系呀。

她翻了个白眼说，我那是重用你，你该感谢我，好么。

他竟贱兮兮地附和道，是是是，女王大人。

他瞧见她的脸上飞上了两朵红晕。他痴痴地看着她，心里像是抹了蜜一样甜。

他借着在同一部门做事的便利努力地向她靠近。不久后，他们就坠入了爱河。

他带着她走遍校园，吃遍美食……他尝到了爱情的美、爱情的甜。

那一段时间，日子美得就像是在梦里一样。

时光匆匆，一晃他们就毕业了，她选择留在本地工作，而他带着一腔孤勇和热血奔赴上海追逐梦想。

刚入职的一年，他们都忙于工作，每天回到家已是深夜，脑袋一沾上枕头就能睡着，于是他们连交流的时间都没了，两条相交的线也渐行渐远。

如此过了三个月，他们才渐渐有空闲时间交流，但他怕自己耽误了她，还是提出了分手。

她不同意，她说她可以等。可他还是执意要分，他说他三年内不会回去的，他不想消耗她的青春。于是，他断开了她的所有账号，更不曾联系过她。

她只能从他的动态里知晓他的情况，有时他很久不更新，她就向他的朋友打听。她一直等着他，而这些他都知道。

这两年，他过得并不好，上海高额的房租和消费，让他一个月的工资所剩无几。

他根本无法让她幸福，他时常这样想。

他看着窗外人来人往，有洋溢着笑容去上学的学生，也有步履匆匆的上班族，还有早起散步的爷爷奶奶。

所有人都按部就班地进行着这一切。只有他，在这个忙乱的星期一里悠闲地坐着。

他揉了揉昏沉的脑袋，走向桌边，打开电脑，邮箱里还是一条消息都没有，所有的简历像是投进了大海一样，悄无声息。

他狂躁地用枕头压着脑袋。

“嗡嗡嗡，嗡嗡嗡”，手机突然震动。

他坐了起来，烦躁地点开消息，顿时愣住了。

是她发来的讯息，她说：“回来吧，我做了你爱吃的红烧排骨，我和壮壮在家等你呢。”

他的眼角不禁湿润，他控制着不让眼泪跑出来，它却终是倔强地滑落了。

他想起了离别的那一幕，那天她坚持要送他去车站，两人一路无话，空气中充斥着淡淡的离别的伤感。

在车站时，她紧紧地握着他的双手，当广播响起，她不得不放开了他的手。

彼时的壮壮还是一只小奶狗，现在定是长大了不少吧，不知回去它还认不认得他。

壮壮是她买来的，当初她一脸兴奋地对他说，她是壮壮的妈妈，非要他当壮壮的爸爸。

他故意板起脸，假装不愿意地说：“我才不要当一只狗的爸爸。”

她却是当了真，生气地问他：“你是不是不爱我了？”

他哭笑不得，抱着她哄了一个下午，她才肯相信他是开玩笑的。

从那天起，他总是对着壮壮喊上十来遍：“壮壮，我是爸爸，我是爸爸。”

而她总是被他逗得咯咯笑。

他爱她，他也不曾忘记过她，他一直用自己的方式默默地关注着她。

有几次他想回去找她，可男人的尊严和面子却一次又一次地阻挡着他。

这一次他决定抛下所有顾虑，放下所谓的面子，不是妥协，不是无路可走，只是因为爱。

他抹了抹眼角，再次打开电脑，激动万分地订了去往她城市的票。

他一扫之前的消沉、无助，欢快地收拾着衣物。一想到要见到她，他的心柔软成一片春水。

他给她回了短信，虽然只是短短的一句话，却饱含着他的深情，他说，茫茫人海，谢谢你一直等我。

我很穷，可我真的想娶你

二十几岁的我们，没有车，没有房，没有很多很多的钱，有的只是真心的爱和一颗为彼此努力奋斗的心。

1

窗外寒风呼啸，我颓然地倒在床上，眼泪难以自抑地流了下来。

阿欣，我想你了，很想，很想。

阿欣要离开的事，其实，很早之前我就有所察觉，只是没成想会来得这么快，我还没有准备好呀。

这半个月以来，阿欣总是故意挑我的毛病，比如菜煮咸了，又比如地板弄脏了，我的臭袜子满天飞。

阿欣骂我的时候，我就默默地随她数落，我不想还嘴。可阿欣骂着骂着，眼泪就飙了出来，我再也无法假装淡定，假装无所谓，我慌乱地抱住她，我说，你不喜欢的，我都改，好不好，你别哭。

阿欣乖顺地躺在我的怀里，像一只呜咽的小猫。我舍不得放开她，我真想永远抱着她。

可阿欣突然又变成了一只张着爪子的狮子，狠狠地把我推开。我的后背撞到了桌角，我痛得龇牙咧嘴，可阿欣却只是皱了下眉头，终是没有走上来。

我的阿欣变了，她再也不是从前的那个她了。可我不怪她，我爱她还来

不及呢。

2

第一次看到阿欣，我的脑海里就闪过“就是她了”这个念头。

于是，我就对阿欣展开了猛烈的追求。一个月后，阿欣答应做我的女朋友。

后来，我问阿欣看上了我哪一点。

阿欣说，你写的文章有魔力。我知道，阿欣那不过是为了鼓励我罢了，那时候的我已经开始写文，只不过稿件屡屡被退。

我的心情也总是抑郁，好在有阿欣，她就是我重新站起来的动力。

后来，我的文笔越来越好，投的稿件被录用了，也收到了一些稿费。可那些稿费我从来不舍得花，我把它存了起来。我想要带着阿欣吃遍福州所有的美食。

那时候的快乐莫过于，**我和阿欣坐在路边的小摊上，几碟小菜，就着温暖的啤酒下肚。**

幸福不过如此。后来的后来，每每想起这一幕，我的心就像是被洒了一片阳光，温暖柔和。

只是呀，越是纯粹、美好的时光，岁月的洪流就会越快将它带走。

3

毕业后，我和阿欣留在了福州。我在一家教育机构当老师，阿欣是家居设计师。

当老师工资并不高，唯一的好处就是有闲暇时间写文章。

但我也曾想放弃过，我不能让阿欣一个人撑起生活，我不能让我的女人永远居住在出租房里，不能让她一直挤公交。

我曾向阿欣提议过，我说，要不，我先搁笔几年，等赚够钱了再继续写。

阿欣当场就翻脸了，她说，我们现在又不少吃少穿少住的，你急什么急。

我抱着阿欣一句话也说不出来。**这就是我爱的那个女人，无私地支持着我的女人。**

从那以后，我更卖力地工作，更努力地写文，我告诉自己今生辜负谁，也不能辜负阿欣。可最后我还是辜负了她，我还是弄丢了她。

4

有一段时间，阿欣频频接到电话，她总是看我一眼，然后拿着手机去阳台接。

一开始，我以为是工作上的事，并不在意。后来，我发现隔三差五阿欣就会接到这样的电话。

我疑惑了，我问阿欣谁的电话？阿欣支支吾吾地说是你不认识的人。

我突然就发现阿欣憔悴了。我不由内疚，我竟一直都没有察觉。我抚着阿欣的脸，突然有了一种不安感。阿欣叫着我的名字，欲言又止，却终是什么都没说。

我没敢问，我怕阿欣给我的答案我承受不起。但我依稀懂得这通电话应当是阿欣的家人打来的。

也许是催阿欣回家相亲，也许……

我害怕了，那一晚我紧紧地抱着阿欣，睁眼到天亮。

5

有些东西，你越是想抓住，就越是留不住。

阿欣离开的前半个月，她一直找我吵架。我知道她一定是心里有事，心里难受，才会那样。所以，我不回嘴，也不生气，我默默地承受阿欣给予我的一切。

可我的沉默以对，让阿欣更难过。眼见着她一天一天瘦下来，我的心狠狠地揪痛了一下。

就在昨天，我如阿欣所愿，和她吵了一架。我说阿欣，你滚吧，天天找我的茬，我早就受够了。

阿欣的眼里闪过一丝痛意，我硬是忍住了冲过去抱她的冲动，假装没看到她的痛。

第二天上班回来，我再也没有看到阿欣的踪影。她走了，她真的走了。

以前的家再也不是家，少了阿欣的味道，它就只是个出租房。

阿欣的离去，我并不怪她，我只怪自己没有足够强大的能力，没能赚更多的钱，没法帮助她。

阿欣出生于单亲家庭。她的爸爸跟富家女跑了，她是由妈妈一手拉扯长大的。她们母女相依为命。

阿欣最大的愿望就是通过自己的努力好好孝敬妈妈。可是，由于常年劳累，阿欣的妈妈生病了，需要动手术。

阿欣没有钱，我也没有钱。走投无路，阿欣只好选择了回家相亲。

傻傻的阿欣以为我不知道，就用争吵来告诉我，她变心了，她不再爱我了。

可是，傻瓜呀，我爱了你那么久，你的性子，你的为人我还不知道吗？你何必那么为难自己，我会放你走的，不管有多么难。

6

我和阿欣都是二十几岁的年轻人。

二十几岁的我们，没有车，没有房，没有很多很多的钱，有的只是真心

的爱和一颗为彼此努力奋斗的心。

可是爱会败给现实,努力奋斗的心也不能马上赚来她所需要的一切。

我们终将会被现实冲散，只是令人难过的是，原因并不是因为我们不爱了，而是因为面对现实我的无能无力。

有人说，这个城市很大，大到没有 ta 的一席之地。这个城市机会很多，多到没有一个是属于 ta 的。

是呀，城市再大，机会再多，没有在对的年纪，终究还是会错过那个对的人。

我相信，每一个为爱热忱过的人都曾有一个和她共度一生的心愿。然而，面对现实，我们却也只能说一句：

亲爱的，对不起，我很穷，可我真的想娶你。

每一场遇见都是欢喜，
每一次失去都是注定

人有时候真的很奇怪，在受了委屈之后，就算是不熟悉的人的关心都能感动得不能自已。

2012 年 12 月 25 日，我失恋了。谈了三年的男朋友用三个字把我打发了。他说我们不合适。

嗯，这是一个用来分手的万能借口，只是我不能理解为什么三年后他才跟我说不合适。

彼时的我伤心欲绝，为了不惊动七大姑八大姨和爸妈，我跑到了小区的天台上放声大哭。

我哭得鼻涕横飞，哭得山崩地裂。我告诉自己，死命哭，哭完就不要再为那个渣男心痛了。

就在我狠命哭泣的时候，我突然听到了一声咳嗽，于是我慌张地抹了把眼泪，四处张望，发现没人就继续哭。

可过了不久，我又听到了咳嗽声。这次我确定不是幻听，于是，我又迅速地兜起衣服往脸上抹了一把。

只见一个男生从角落里走了出来。我感觉有点眼熟，却又想不起是谁。

我尴尬地转身，低着头，却发现他坐在我身旁。

“你怎么了？”他问。

人有时候真的很奇怪，在受了委屈之后，就算是不熟悉的人的关心都能感动得不能自已。

我抽噎了一下，忍住眼泪说：“没事。”

他突然就往我怀里塞了个棒棒糖，说了句“会让你哭泣的男孩，不值得你爱”，然后拍了拍屁股就走了。

我当然知道不值得呀，可是三年的光阴太过漫长，回忆太过美好，我怎么能说不爱就不爱。

那天，我坐到黑夜降临才回家，我承认我不够洒脱，我还是忘不掉他。

晚上，妈妈突然宣布说她和老爸要去旅行。

她问我去不去，我毫不犹豫地回绝了。三年的爱情都没了，我哪有什么心情呀。

但其实，我妈也没多想让我去，她说她早就安排好了，到时候让林阿姨的儿子来家里住几天，关照关照我。

我自然是无所谓的。只是，我不知道是林阿姨的儿子竟然就是天台上的男生。

许逸进门时，我足足愣了十秒。我妈向我介绍，这就是你林阿姨的儿子。

我愣愣地没有反应，我妈捅了捅我的胳膊：“小欧，看到帅哥花痴了不是。”

我这才回过神，一张脸红透了。

这就是我的亲妈，绝对的亲妈呀。

爸妈把我丢给许逸后，他们就马不停蹄地去旅游了。

而我则把自己关在房间里，流了一次又一次的眼泪。

悲伤会让人忘却时间，不知不觉，我就在房里待了一个上午，倘若不是许逸让我出去吃饭，我想我早已成仙。

看到桌上摆着各式各样的菜，我心里一片惊叹。想不到，这个许逸厨艺竟然这么好，而且煮的竟然都是我爱吃的菜。

“你这厨艺和谁学的呀？”我随口问道。

“新东方烹饪学校，遇到个厨师你就嫁了吧。”许逸学着广告里的台词怪声怪气地说。

尽管我知道，他是故意逗我笑，可是，想起我的爱情已然消逝，不消一会儿，我的嘴角又染上了悲伤。

在我连续在房里闷了两天后，许逸拖着我走出家门。

他说，既然他不爱你了，你再怀念过去，再不舍又有什么用，还不如早点走出来。

我撇着嘴，挺直了腰板说，谁……谁说我失恋了。

许逸一副了然于胸的样子，你那模样，全世界的人都知道了。

然后，我狠狠地踹了他，让你说老娘失恋。

之后，许逸就拉着我来到游乐园，可我一点兴致都没有。

“喏，把气球当作渣男，射死他。”许逸端着枪对我说道。

我不忍拂了他的好意，就顺手接过枪，又深深地吸了几口气，瞄准气球死命扫射。

不一会儿，十五个气球全军覆没。

许逸咧着嘴，向我竖起了大拇指。领完奖品，许逸又带我来到“冰激凌”小卖部。

他说，冰激凌是冰的，让它把我身上所有的悲伤都冻住，不让它肆意流动。他还说，吃甜的，我的心情就会变好。

而我竟也神奇地发现，心似乎没那么痛了，而我也不是非那个人不可。

接下来的画风就变成我拉着许逸奔来奔去，我们差点把游乐场所有的游戏都玩遍了。

回家后，我才想起这一路都是许逸在付钱，而我只是负责了玩。

于是，我良心发现，做了一顿饭来报答许逸。

许逸难以置信地看着一桌子菜，嘴里嘀咕着：“阿姨不是说你不会做菜吗？”

看着他傻气十足的模样，我竟觉得有点可爱。

“你简直是疯了，上一刻还悲伤得不行，下一秒就觉得另一个男生可爱。”我在心里骂自己。

然而，有些事情连我们自己都无法控制。比如，我曾为前任哭得一塌糊涂，又比如对着许逸。我的心竟不受控制地剧烈跳动。

我发现自我觉得许逸可爱后，看他哪哪都好，我告诉自己这一切都是幻觉，可是我竟觉得这幻觉无比真实。

做饭的时候，我思绪飘飞，所以自然的，我把晚餐搞砸了，不是太淡，就是太咸，连我自己都难以下咽，可许逸却把它们吃光了。

我咬着筷子，又难为情又感动地问：“不觉得难吃吗？”

许逸摇了摇头，一个劲地往嘴里塞东西。突然，一股暖流涌向我的心底。

想起有一次我给前任送爱心早餐，他皱着眉头，一脸苦巴巴地说：“你做的是人吃的吗？还是扔了吧。”

看着自己精心准备的食物就这样被他随意丢掉，我的心拔凉拔凉的。

而现在，竟有一个人不嫌弃我的饭，还把它吃光了。

看着他，我怎么能不心动。

接下来的几天，许逸又带着我四处游玩，有时我们也窝在家里看电视剧，我躺在沙发上，他坐在另一个沙发边，讨论着剧情，我竟有一丝岁月静好的感觉。

七天后，爸爸妈妈满载而归。我开心地扑了上去：“妈，有给我带礼物吗？”

妈妈托着我的脸端详了一会儿，笑嘻嘻地说：“有有有，都有。”然后就把礼物分了出去，唯独少了我的那一份。

许逸回家前，妈妈特意把他拉到了阳台。还好我精明，偷偷地跑回房间，趴在墙壁上偷听。

“小欧的精神看起来比之前好多了。辛苦你了，小逸。”那是妈妈的声音。

“阿姨，没事的。况且，你也知道我的心思。”

“好好好，要好好待她。”

“嗯，我会的。”许逸坚定地说。

而在一边偷听的我早已泪流满面。

原来这都是妈妈和许逸的套路啊！我默默地滚回床上抱着被子，又哭又笑。

原来，妈妈都知道，原来他们是这么良苦用心。

我送许逸去车站时，我问他：“什么时候再带我出来玩呀？”

“怎么，我还没离开你就开始想我了？”

我……

“好啦，傻丫头，过几天就来找你。”许逸摸着我的头宠溺地说，而我的脸一定红得很好看。

随着车渐行渐远，我和许逸的距离也越来越遥远，但我们的心却靠得很近。

我想，当一个人爱上一个对的人时，心里就应该是甜蜜的，踏实的。

而我就是这样的感受。

很多年后，回忆过往，我禁不住想，倘若我不曾失去前任，那么我又怎能邂逅许逸！

是的，要相信，每一次失去都是注定，每一场遇见都是欢喜。

我喜欢异地，也喜欢你呀

两个人在一起久了，卸下了“伪装”的面具，缺点也就会慢慢暴露，摩擦也会逐渐增加。而过分近的距离，更容易情尽。

说起异地恋，大家都会觉得心酸不已。下雨了不能给 ta 送伞，吵架了不能给彼此拥抱，电影上映了也不能陪 ta 去看，满满的都是遗憾和酸涩。

可是我想说，我喜欢异地，也喜欢你呀。

异地，可以给彼此更多的时间成长。

很多人谈了恋爱，都恨不得和对象时时刻刻粘在一起。一起去吃饭，一起去玩耍，你走到哪我就跟到哪。兴许这样的状态会很幸福快乐。

但是，我相信那是短暂的。古人有云，过犹不及。这句话放在爱情里也同样适用。

爱情应当有一个刚刚好的距离，不要太远也不要太近，因为太远了会疏远，太近了会黏腻。

况且，在这个本该努力成长的年龄里，我们重视的不应该只是爱情。我们还要努力完善自己，成为一个更优秀的对象。

因为，爱情从来都不是雪中送炭，而是锦上添花。

我和我的对象就是异地恋，他在他的城市努力拼搏，我在我的城市奋力成长。我们都在为彼此的将来以及共同的将来努力奋斗。

不是说，谈了恋爱，我们就可以沉迷其中，不思进取；也不是有了另一方，我们就可以心安理得地依附另一方。

我希望，不管那个人有没有在我们身边，我们都可以好好照顾自己，天冷了记得给自己加衣，下雨了撑起随身携带的伞，上映了想看的电影那就自己去看。

我们只有体验过一个人的落寞，只有学会照顾好自己，才能更加珍惜两个人的温暖和更好的照顾想要守护一生的 ta。

我们在彼此看不见的地方，共同努力，共同成长，而不是时时刻刻腻在一起，辜负了这个本该奋斗的年纪。

我们的每一次见面都是以全新的自我出现。你说你加薪了，我说我升职了。

在我们彼此的眼里，双方都是会发光的小太阳，都在朝着最好的自己前进。

除此之外，异地也会有更多的小确幸。

两个人在一起久了，卸下了“伪装”的面具，缺点也就会慢慢暴露，摩擦也会逐渐增加。而过分近的距离，更容易情尽。

而且，时刻腻在一起，会使那些原本让彼此心动的小动作、小习惯随着岁月的流逝变得可有可无，再也激不起任何波澜。

而异地恋就不同了。你的早晚安我听不厌，你的情话也永远不够，你的小提醒最温暖人心。

从天而降的小礼物也是惊喜，偶尔的一次见面都是上帝恩赐，你的怀抱最有安全感。

在彼此的眼里我们都是最好的自己，你觉得他又变帅了，他觉得你又变漂亮了，你们的眼里盛着的是那个深爱对方的彼此。

异地，也会让我们的关系更加牢固。

因为是异地，所以我们珍视每一次见面的机会，不浪费制造美好回忆的任何时机。

因为是异地，所以我们更懂得包容，不让短暂的离别以吵架收场。

因为是异地，所以即便吵了架，闹了矛盾，我们也不会故意把手机关机，让对方在另一边干着急。

因为我们知道，感情很脆弱，感情需要经营，所以即使吵架了，我也要让你知道我一直在这里，我不会抛弃你，更不会任性，我们懂得体谅彼此。

异地让我们学会了拒绝诱惑。

你的身边有很多的花花草草，他的身边也有很多莺莺燕燕。

可是那又关自己什么事，别人再好也是别人，你们的心里都已经被彼此占据了，即便那人远在他方，但活在你心里呀。

一个看到漂亮的裙子会想，她穿起来一定很美；一个看到帅气的衬衫会恨不得立马买下来穿在他身上；得空的时候彼此会想，此时的 ta 又在忙什么？

是呀，即便是山高水远，可是你们还是时时刻刻把彼此挂在心上，累了的时候，想起 ta，嘴角会浮现一抹甜蜜的笑，然后回味了好久好久。

别人再优秀，再漂亮，再帅气也不及 ta 的十分之一，因为在你们彼此心里，ta 是无与伦比、独一无二的呀。

异地不哭，异地不苦，异地很美也很难能可贵。

因为即便我们隔了那么远的距离，可我们依然在坚持，依然爱着对方。因为我们坚信彼此的爱可以穿过千山万水，抵达对方的心灵深处。

我希望，每一个异地恋者都能扬着嘴角幸福地说，我喜欢异地，也喜欢你呀。

谈一场并不势均力敌的爱情，又何妨？

在这个大部分人都追逐势均力敌的爱情的年代里，我只想说，爱情真的没那么复杂。

爱情萌生的方式多种多样，它有可能是两颗鲜活的心刚好能擦出火花；或者是两个眼神不经意的碰撞，自此缠绵在一起；也有可能是在 ta 脆弱难过的时候，刚好陪着 ta 的人是你，于是爱情就这样产生了。

1

每个人的学生时代都有一个全身散发着光芒的男神。高中的班长就是个不折不扣的风流才子。所谓风流自然是指他仪表不凡，加上他是永远的年级第一，随便参加一个赛都能拿奖，他在我们眼里就如同天上耀眼的星星一样，遥不可及。

然而完美耀眼如他，却拒绝了很多美女的青睐，反而转身追求我的同桌燕。

这让同学们大跌眼镜。有的人说，上帝是公平的，完美如他，审美却那么差；也有的人说他这是在寻求新鲜，根本就不是认真的。

大家如此揣测也是有原因的，毕竟燕如班上的大多数女生一样，属于扔在人群里就找不着的那一类。她相貌平平，成绩平平，也没有什么特别的才艺。如果非要说出一些优点来的话，那就是她是个温柔恬静而又细心善良的女孩。

而班长说他也正是被燕的气质和善良所吸引的。他说虽然在你们眼里她是个普通得不能再普通的女孩，可她在我眼里却是会发光的，她恬静温柔的样子能融化我的心。

“她的善良和体贴也是无人能比的。高三那会儿，老王为了赶进度，给我们班连续上了三天课，导致喉咙沙哑，一直咳个不停。可这一切没有人放在心上，只有燕，她偷偷地把一包润喉糖夹在老王的教科书里，正巧被我看见了。

当时我就想这女孩真细心，真善良。后来我就忍不住关注她，慢慢地就被她吸引了，所以就有了现在……”

当然以上这些话并不是班长特意告诉我的，而是我们同学几个在他和燕的订婚宴上逼迫他说选择燕的原因。

毕竟在我们观念里，一直觉得男神就应当与女神相配，优秀的人应当是被同样优秀的人所吸引，而不是选择一个悬殊如此之大的人。

可爱情真的毫无道理可言。尽管来到了美女如云的大学，班长依然对燕痴心不改，因为他认定她了，她就是他爱的那一款，所以别人再优秀，再美貌，也不关他的事。

大学毕业后，班长和燕订婚了。在他们订婚的前一个礼拜，我实在耐不住心底的好奇，问燕：“和那么优秀的班长大人在一起，你会不会自卑？会不会觉得自己配不上他？”

燕笑了笑，说：“我知道你们很多人都觉得我很普通，和班长压根不配。所以你们就觉得我该自卑，该知难而退。可是说真的，和他在一起我并不会感觉自卑，也不会觉得配不上他。

“我不是狂妄，而是我从来认为：喜欢一个人和ta的外在无关，和ta优不优秀无关，真正能让一个人走进自己心底的从来不是这些虚无的条条框框，而是ta由内而外散发出的特质吸引了你，而你又恰好喜欢这一款。

况且我也在努力而认真地生活呀。虽然我的努力和认真并没有使我的人生熠熠生辉，但我也在坚持啊。这世上并不是所有的努力都会有回报。**所以不耀眼没有错，普通也没有错，这并不能否定你的努力和认真，也不该成为阻挡你和比自己优秀的人谈恋爱的借口。能真正恒久吸引一个人的从来不是成功的光环或者美艳的外貌，而是你身上具有 ta 所喜欢所钟爱的特质。”**

燕的话让我豁然开朗，是的，**爱情并不是等价交换，爱情注重的是心灵的契合。**

大学毕业后的燕依然普通普通，拿着一个月三千块的工资在一个小公司里上班。

而班长因出彩的成绩和自身的能力，刚步入社会就被高薪聘请了。这在我们眼里又是一个巨大的悬殊。

但在班长和燕的眼里这都不是事，他说他的女人不必为家操劳，她只需要做自己喜欢的事，快乐地生活就好。

她说他有他的大世界，她也有她的小世界，也许她的小世界永远不及他的大世界，但那又如何？只要她做着自己想做的事，充实而又美好地生活不就好了。

2

伯母是村里的村花，能说会道，又精明又能干。在她未出嫁时，家里的生意一直由她打理。

她的能耐在村里一直是有名的，所以去她家提亲的人不胜枚举，其中不乏优秀的人。而伯父却是一个木讷、话不多、只知道埋头干活的人，可伯母最后还是选择了伯父。

听伯母说，**当时她是被伯父的诚实善良打动的。**有一次，她去我们村里办事，因为口渴，便在一家小店里买水喝，当时伯父也在店里。

从伯父和店家的交谈中，伯母知道原来是店家多找了伯父钱，伯父发现了便放下手中的农活把钱给退回去。

我问伯母，那不能等农活做完再送回去吗？

伯母笑着说，是啊，我当时也是这么问他的。**他说别人的钱揣在身上不安心，便想即刻给还回去。**

于是我懂了，伯母看上的就是伯父的诚实和踏实。就算伯父和她并不势均力敌，她也要嫁给他。

伯母集美貌和精明于一身，而伯父长相平平又木讷。伯母本可以找一个比伯父更有钱更优秀的人，可她没有。

当初伯母选择伯父引来了很多人的议论。有人说伯母这是瞎了眼，也有人说伯父这是走了天香运，更有人惋惜伯母这朵鲜花插在了牛粪上。

可只有伯母自己知道，**那些优秀的光环、有钱没钱在她眼里都是虚无的。因为伯母的爱情观里有比优秀，比势均力敌更重要的东西。那就是伯父的踏实、伯父的诚实，而这也恰恰是打动伯母的原因。**

伯父又踏实又肯干，他通过自己的双手为伯母创造了财富。伯父木讷，每次伯母有什么不顺，都是任由伯母把气撒在他身上，从不回嘴。所以，自我懂事以来，从未见过他俩吵架。

伯父和伯母的爱情已经走过了50个年头，伯父对伯母依然如初。

3

反观我们年轻一代的爱情，不乏势均力敌的情侣，可最后该散的还是散了。

大学同学萍是学生会的副主席，她的男朋友是主席。两人都是成绩好、很有想法的人。在我们眼里，他们的爱情势均力敌，很多人都认为他们一定会长久地走下去，然而最后他们还是分道扬镳了。

于是我懂了，势均力敌的爱情不一定会长久，而长久的爱情也不一定是两个势均力敌的人在一起。

爱情本来就不该被条条框框所束缚，孔雀并非一定得配孔雀，只要它喜欢，鸡又有何不可？也不是所有的蝴蝶都会被玫瑰吸引，也许总有那么一两只更加钟爱路边的不知名的野花。

而这不同的选择都只不过是因为每个人认定的人不同，被吸引的特质不同而已。所以爱情无需势均力敌，只需你合我意就可。